Sonar 31

Beka Adamaschwili, geboren 1990 in Tbilissi, studierte Journalismus und Sozialwissenschaften an der Caucasus University in Tbilissi. Für seine Kurzgeschichten, die bereits in frühen Jahren in Magazinen und Zeitungen publiziert wurden, erhielt er zahlreiche Auszeichnungen. Mit »Bestseller« veröffentlichte Adamaschwili 2014 seinen Debütroman, der in Georgien schnell zum echten Bestseller avancierte und auf der Shortlist für den besten Roman beim SABA- und Tsinandali-Preis stand. 2019 wurde er für »In diesem Buch stirbt jeder« mit dem Literaturpreis der Europäischen Union ausgezeichnet.

Sybilla Heinze, geboren 1976 in Pößneck, studierte Kaukasiologie, Ostslawistik und Südosteuropastudien an der Friedrich-Schiller-Universität Jena. Sie übersetzt Lyrik und Prosa aus dem Georgischen, u. a. von Ana Kordsaia-Samadaschwili, Anina Tepnadse, Lasha Bugadze und Beka Adamaschwili. 2017 wurde sie mit dem SABA-Preis für die beste Übersetzung geehrt.

Beka Adamaschwili

In diesem Buch stirbt jeder

This book was published with the support of the Writers' House of Georgia.

Originaltitel: ამ რომანში ყველა კვდება

DEUTSCHE ERSTAUSGABE
1. Auflage 2020
Verlag Voland & Quist, Berlin, Dresden, Leipzig, 2020

Korrektorat: Kristina Wengorz
Umschlagkonzept: Alexandre Lortkipanidze
Umschlaggestaltung: HawaiiF3
Satz: Fred Uhde
Druck und Bindung: Pöge Druck, Leipzig

www.voland-quist.de

Aus dem Georgischen von
Sybilla Heinze

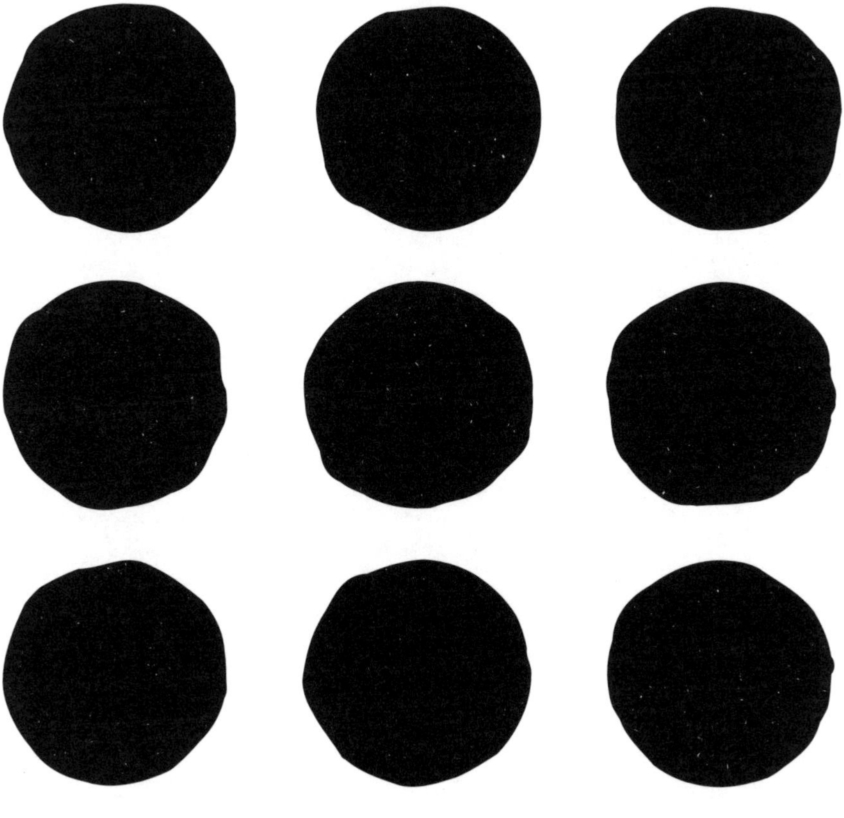

IN DIESEM BUCH STIRBT JEDER

Beka Adamaschwili

Roman

Voland & Quist

An alle Leser, die gerne Bücher auf Facebook, Instagram oder Twitter empfehlen: Macht weiter so.

Ebenso allen Pedanten gewidmet, die gedacht haben,
dass in der vorhergehenden Widmung Hashtags gefehlt haben.

Prolog

Der Tod stellte den Wecker auf vier Uhr und dreiunddreißig Minuten.

Alles, was bei Schlaflosigkeit gezählt werden sollte, hatte er gezählt. Erst Schafe (zehntausendeinhundertzehn!), dann durchwachte Nächte (siebentausendsiebenhundertsiebzig!), danach die beim Schafe- und Durchwachte-Nächte-Zählen verschwendeten Sekunden (achtzehntausenddrei!) … Irgendwann merkte er, dass es außer dem sinnlosen Zählen von irgendwelchen Dingen noch sechshundertzwanzig andere Methoden gab einzuschlafen, und er beschloss, eine andere Strategie anzuwenden.

Erst mal dachte er: »Ich werde nichts denken«, dachte aber sogleich, dass es ja schon ein Gedanke war, wenn man darüber nachdachte, über nichts nachzudenken – und sein Schädel fing an zu brummen. Dann nahm er einen Band von Prousts Roman zur Hand und dachte, er könne auf diese Weise eventuell vor Langeweile einschlafen, bereute aber sogleich, Zeit mit Proust verloren zu haben. Weder half es, die Augen vor allem Unrecht zu verschließen, noch, sich eine öffentliche Lesung des mehrbändigen Telefonbuchs von Tokio vorzustellen. Schließlich winkte er ab und versuchte, sich mit dem Gedanken zu beruhigen, dass der Teufel, der niemals schlief, in einer viel schlechteren Situation sei, und starrte in Erwartung des Schlafes an die gegenüberliegende Wand.

Die gegenüberliegende Wand stellte den gemütlichen, aber leblosen Teil des Todesbüros dar. Links neben der Wand war die Tür, an der Tür ein riesiges Poster, auf dem Poster Jim Morrison –

sein Lieblingssänger und ein kostbarer Bestandteil der noch zu schaffenden Sammlung. Diese Sammlung sollte insgesamt siebenundzwanzig einzigartige Exponate umfassen, aus denen der Tod dann die größte Band aller Zeiten zusammenstellen wollte. Bestehend aus schrillen Künstlern mit nicht weniger schrillen Namen und den Sequels der Hits verschiedener Epochen. Zum Beispiel »Also, Like, Haha and Wow« und »Five More Months, Please«.[1] Für die Auswahl der kostbaren Exponate war allerdings die Präzision eines Juweliers vonnöten, denn je größer die Anzahl derer, die in die Sammlung gelangen sollten, desto größer die Gefahr, dass die Qualität der zukünftigen Band beeinträchtigt würde.

Gleich dort bei der Ecke, in der die erste Wand auf die zweite traf, begann eine Ausstellung von unzähligen (achtzigtausendsiebenhundertfünfundvierzig!) ungewöhnlichen Fotos. Darauf war er selbst abgebildet. Sein ganzes Wesen. Eine Art Chronik eines angekündigten Todes bei der Arbeit. Mit rasch auf die Ränder gekritzelten *Remarks*, die seine ganze Geschichte treffend beschrieben – *Zeit zu leben, Zeit zu sterben*:

1 »*Also, Like, Haha and Wow*« und »*Five More Months, Please*« – stehen für die Sequels der Hits »All You Need Is Love« und »Wake Me Up When September Ends«.

An der dritten Wand hing eine riesige Sense. Diagonal. An zwei Nägeln. Nachdem neue Technologien eingeführt worden waren, benutzte der Tod sie seltener. Meistens nur als Selfie-Stick, und das auch nur, weil er ja ständig mit Sense abgebildet wurde und die visuellen Gewohnheiten der Menschen hartnäckig waren. Dabei war er ja kein kleiner Junge mehr und fand es selbst sterbenslangweilig, auf allen Bildern mit Sense herumzulaufen. Sogar sein Cursor hatte die Form einer Sense. Auf einem speziellen Gerät der Firma Atropos[2], auf dem in einem riesigen Überordner, benannt »Menschheit«, zahllose (siebzigtausendvierhundertzwanzig!) Unterordner (zum Beispiel »Krieg«, »Katastrophe«, »Krankheit«, »Unglücksfall«, »Alter«, »Terrorismus«, »Kreuzigung«, »Darwin Award«[3]) und sieben Milliarden achthundert Millionen fünfhunderttausenddreihundertzwanzig (was für unbezahlbar zahllose Zahlen!!!) Dateien gespeichert waren. Die Arbeit des Todes bestand darin, die stetig dazukommenden Dateien in die Unterordner zu verteilen und in regelmäßigen Abständen Ordnung in den Ordnern zu schaffen.

Über dem Atropos gab es Regale, die größtenteils mit Büchern von Terry Pratchett gefüllt waren. Nach Meinung des Todes hatte Pratchett so lange unvergessliche Bücher geschrieben, bis er ihn in seinen Unterordner »Alzheimer« hatte verschieben müssen. Auch die anderen Romane waren nicht weniger meisterhaft verfasst. In

---

2 *Atropos* – Schicksalsgöttin in der griechischen Mythologie, deren Aufgabe es war, mittels einer Schere den Lebensfaden der Menschen durchzuschneiden.

3 *Darwin Award* – wird für den blödesten Tod verliehen. Der Autor des vorliegenden Buches hätte eine ausgezeichnete Chance, den Darwin Award zu erhalten, falls im Moment des Schreibens der Darwin-Award-Fußnote der Akku des Laptops auf sieben Prozent sinken und er beim Grübeln über ein gutes Beispiel statt des Ladesteckers ein paar Stricknadeln in die Steckdose stecken würde.

den Regalen standen Bücher von Mann, Zusak, Saramago, Christie … Kurzum, alle, die unsterblich hatten werden wollen, indem sie über den Tod schrieben und damit zur Belebung seiner narzisstischen Bibliothek beigetragen hatten.

… Der Tod rieb sich mit den Daumen- und Zeigefingerknochen die auf die Wand starrenden Augenhöhlen. Seine Schlaflosigkeit war ausschließlich durch psychologische Faktoren bedingt. Er hatte Angst, vor Müdigkeit so fest einzuschlafen, dass der Wecker nichts würde ausrichten können. »Nur noch heute, und dann werde ich auf jeden Fall zum Psychologen gehen«, dachte er.

Der letzte Psychologe, vor dessen Tür er gestanden hatte, war Freud gewesen. Im Jahre neunzehnhundertneununddreißig. Aber das war eher ein Arbeitsbesuch gewesen, denn die Datei »Sigmund Freud – 1856« hatte schon lange im Unterordner »Schwere Krankheit« gelegen und der Psychologe damals selbst auf der Couch.

»Egal. Er konnte besser über Schlaf reden als über Schlaflosigkeit«, redete der Tod seinem Schädel beruhigend zu und erinnerte sich, dass seine Schlaflosigkeit sehr lange vor Freud begonnen hatte. Genauer gesagt, in jenen Situationen, in denen er besonders wach hätte sein müssen. Er war jedoch eingeschlafen – und die Weltgeschichte war radikal anders verlaufen …

Alois hätte nachts beim Sex sterben müssen. Unbedingt. Auf jeden (Todes-)Fall. Sonst würde das Experiment anders verlaufen, und der Tod müsste seinen eigenen strengen Schöpfern Rede und Antwort stehen.

An jenem Abend hatte Alois nicht dem Tod, sondern den Getränken den Kampf angesagt. Er war so betrunken, dass ihm zunächst ein Finger wie zwei erschien, zwei wie vier, vier wie acht; diese scheinbaren anatomischen Fehlbildungen bewirkten, dass er sich gezwungen fühlte, die Augen zu schließen und durch leichtes Kopfschütteln wieder in die Realität zurückzukehren. Aus dem gleichen Grund erschienen ihm, nachdem er unter sechzehn Türen die richtige ausgemacht hatte, erst eine Klara, dann zwei Klaras, dann vier, dann acht, sodass er die Augen schloss, den Kopf leicht schüttelte und, bevor sich die eine Klara wieder hinterrücks vermehrte, diese zwecks Vermehrung ins Schlafzimmer zog.

Der Sex war nicht so, wie er in Filmromanzen dargestellt wird. Eher so wie in Dokumentarfilmen. Genauer gesagt, wie denen auf Animal Planet. Alois keuchte wie ein Lumière'scher Zug, der in den Bahnhof einfährt, und Klara war stumm wie das Lumière'sche Kino.

Genau in dem Moment hätte die sorgfältig geplante Herzattacke kommen müssen.

Aber der Tod hatte verschlafen.

Glück für Alois. Pech für die Menschheit.

Nach ein paar Minuten war Alois fertig und rollte sich mit einem kleinen Seufzer von Klara herunter aufs Bett.

Auf den ersten Blick hätte diese Nacht, wie tausend andere Nächte auch, unspektakulär sein sollen, aber dieses Mal lief alles anders – der kleine Adolf besiegte spielend seine Konkurrenten und spurtete blitzschnell Richtung Eierstöcke davon …

Die unangenehme Erinnerung daran raubte ihm nicht nur den Schlaf, sondern auch den Gedanken an den Schlaf. Er stand auf, zog den Umhang aus und betrachtete sich im Spiegel. »Ein bisschen mehr auf den Rippen könnte mir wirklich nicht schaden. Ich bin ja nur noch ein Knochengestell«, dachte er, hängte den Umhang über den elektrischen Stuhl und grübelte über den langersehnten Urlaub nach. Den hätte er schon viel früher verdient gehabt. Viele Millionen Jahre waren vergangen, nicht einen Tag hatte er pausiert. »Was hat ER schon auszustehen! ER kann sich wenigstens sonntags ausruhen«, murmelte er und bemerkte jemanden im Dunkeln. Halluzinationen hatten ihm gerade noch gefehlt! Er rieb sich mit den Fingerknochen die Augenhöhlen und schaute genauer hin. Es war niemand zu sehen.

Er beruhigte sich, legte sich hin und dachte weiter nach. Wie die Zeit verging. Er erinnerte sich an Abel, als wäre es im vorigen Jahrhundert gewesen. Damals war er nur als einfacher Assistent beschäftigt und hatte maßlose Anpassungsschwierigkeiten bei der Arbeit gehabt. Wie lange er allein schon Methusalem auf den Fersen war ... Und dann dieser furchtbare Regen. Vierzig Tage lang hatte er ohne Pause gearbeitet, doch dann war wegen eines versoffenen Tischlers die ganze Arbeit ins Wasser gefallen. Beim Stichwort Wasser kam ihm die *Titanic* in den Sinn. Furchtbar kalt war es in jener Nacht gewesen – es war einem direkt in die Knochen gefahren ... Brrr ... Er erschauerte. Allerdings konnte er sich ebenso an Hitze erinnern. Einmal war es in London so teuflisch heiß gewesen, dass alles verbrannte. Als er an Feuer dachte, schwebte ihm komischerweise auch Archimedes vor. Ein heißes Bad ... zusammen mit Marat ... Das warme Wasser umschmeichelt angenehm den Körper. Vom Schädel- bis zu den Fußknochen durchlief ihn ein wohliger Schauer. Er fühlte sich erleichtert.

»Ich muss nicht einschlafen!« Dieser Gedanke gelang ihm noch, und dann war er eingeschlafen.

Es schlug vier Uhr.

Noch ein Prolog

Als Memento Mori eines Morgens aus unruhigen Träumen erwachte, fand er heraus, dass er eine Romanfigur war und ihm über sich selbst nur drei Dinge einfielen:

1. dass er den komischen Namen »Memento Mori« trug;
2. dass er eine Romanfigur war;
3. dass ihm über sich selbst nur drei Dinge einfielen.

Dabei ist das Dasein als Romanfigur durchaus kompliziert. Besonders dann, wenn man aus dem Nichts in einem Prolog auftaucht. Man kennt weder die eigene Vergangenheit noch die Zukunft, und von der Gegenwart kann man sich an so wenig erinnern, dass drei Zeilen absolut ausreichen. Rundherum ist nichts. Wenn man zum Fenster geht und hinausschaut, kann es sein, dass auch dort völlige Leere herrscht. Nicht einmal das Fenster bemerkt man, wenn der Autor nicht beschreibt, dass der Raum, in dem man sich befindet, vier breite Fenster hat, von denen aus sich ein herrlicher Ausblick auf den Zauberberg oder die Roggenfelder an einer steilen Klippe bietet, dass diese Weite im Spätherbst ganz besonders schön ist, wenn die Äste der Bäume aussehen wie gigantische Pinsel und die Blätter wie Farbe, dass es sich lohnt, aus dem Südfenster den Flug der blauen Vögel oder New Yorker Enten zu beobachten und so weiter und so fort.

Doch Memento Mori wird nicht ans Fenster gehen, denn er findet Naturbeschreibungen unnatürlich. Er glaubt, ein lebender Baum sei viel bedeutsamer als viele Seiten Waldbeschreibung, für die ein Baum gefällt wurde. Jedoch weiß Memento Mori selbst noch nicht einmal, was er weiß, bis auf das, was bis jetzt über ihn geschrieben wurde, und zukünftig dann noch das, was über ihn geschrieben werden wird.

Fakt ist, dass im Gegensatz zu ihm die meisten Romanfiguren nicht darüber nachgrübeln können, dass sie Romanfiguren sind, und jede beliebige ihrer Entscheidungen – und sei es jene, ob sie zum Abendbrot zuerst Huhn oder Ei essen sollten – im Kopf eines völlig fremden Menschen ausgebrütet wird. Solche Naivität ist überhaupt nicht verwunderlich. Stellt euch vor, eines Tages würde ein Fremder bei euch auftauchen und steif und fest behaupten, dass die Erde in Wirklichkeit ein in einem Buch eines auf Kyliejenn[4] lebenden Autors vorkommender ausgedachter Planet sei und auch ihr selbst existieret real gar nicht – würdet ihr das glauben? Natürlich nicht.

Memento Mori entdeckte erst, dass er eine Romanfigur war, und dann glaubte er es. In einer Welt, in der sich ein Mensch im Schlaf in ein großes Insekt verwandeln und eine schwarze Katze auf zwei Beinen durch irgendeinen Trick an einer Straßenbahn hängend reisen kann, ist nichts unmöglich. »Angenommen«, dachte Memento Mori, »die Gedanken der Romanfiguren werden stets vom Autor gesteuert, dann ist es vielleicht ebenso die Entscheidung des Autors, mir eine Illusion des selbstständigen Handelns zu verschaffen …« Aber wozu über derartige Nichtigkeiten jammern, wenn man als Romanfigur durch Anpassung an das eigene Dasein eine unermessliche literarische Macht erlangen kann: Man kann andere Romanfiguren dazu anstacheln, sich

4 *Kyliejenn* – in einem Buch eines auf der Erde lebenden Autors vorkommender ausgedachter Planet.

gegen den Schriftsteller aufzulehnen, die Worte des Autors verhohnepipeln (»dass jemand dieses Verb nach dem Jura-Zeitalter benutzen würde, hätte ich nicht gedacht«) oder einfach in den Büchern herumreisen.

Also, wer glaubt noch immer, dass das alles nur mit dem Segen des Autors passiert? Keiner! Nicht mal Memento Mori glaubt das. Der Autor ist tot. Derjenige, der das gesagt hat, ist ebenfalls tot. Es lebe die neue Romanfigur!

***

Die drei Sternchen sind eine Art Ersatz für die Formulierung »Die Zeit verging«. Das heißt, verborgen hinter jener unvollständigen Zeile, die den Anfang dieses Absatzes vom Ende des vorhergehenden Absatzes trennt, war in Memento Moris Leben nichts Ungewöhnliches passiert. Hauptsächlich stopfte er sich mit Essen voll und schlief. Und da niemand mehr Geschichten über fettgefressene, schläfrige Romanfiguren lesen möchte, entschloss sich Memento Mori, »Wiegen« und »Liegen« durch gewichtigere Ziele zu ersetzen. Er besaß nämlich nichts Geringeres als eine ungewöhnliche Superkraft. Eine Superkraft nicht zu benutzen, ist, wie das eigene WLAN-Passwort zu vergessen. Erst recht in einer Welt, in der böse Autoren ihre Autorkratie ausleben und die eigenen Romanfiguren mit einem einzigen Federstrich niedermetzeln. In einem dermaßen ungerechten Land würde sicher ein Superheld gebraucht – Supermento! Mementomori-Man!! Termimentomori!!! …

Na gut, soll er meinetwegen weiterhin Memento Mori heißen.

Einige Jahre (was etwas viel erscheint, aber, wie ihr seht, in elf Buchstaben passen kann) hatte er sich mit Literaturen aller Art vertraut gemacht. Beginnend mit »Vom Ende einer Geschichte« bis zur »Unendlichen Geschichte« am Ende. Dann machte er sich ans Reisen in Büchern und an die Rettung der Protagonisten. Mal wollte er Romeo und Julia davon überzeugen, dass man nicht aus allem eine Tragödie machen müsse und sie später schmunzelnd an diese Episode zurückdenken würden, mal versuchte er, Ostap Bender Erste Hilfe zu leisten, während Worobjaninow im Fluss ertrank (»Bolivar kann nicht zwei tragen«[5]), mal besuchte er – mit dem eigentlich erst später erfundenen Zauber-Penizillin beladen – heimlich ein Sanatorium in Davos. Manchmal gelang es ihm, einen Sieg über die Autoren zu feiern, manchmal hinderte ihn der große Umfang eines Buches daran, und der Zug der Hauptfigur war schon abgefahren, bevor er die Seite mit der Tragödie erreicht hatte. Einmal hatte er sein Glück mit »Krieg und Frieden« versucht, aber bald Schild und Schwert sinken lassen. Er konnte weder die Selbstmord-Schwestern retten noch ****Spoiler Alert****[6]. Was sollte er machen? Er selbst war allein, die anderen Romanfiguren waren Millionen. Alle konnte er nicht erlösen, und das war auch nicht nötig. Außerdem hatte er Moriarty höchstpersönlich den Reichenbachfall hinuntergestoßen und konnte das bestürzte Gesicht von Holmes nicht vergessen, dessen maschinenartig arbeitendes Hirn sich absolut nicht erklären konnte, wo dieser Deus ex Machina herkam.

Obwohl, na komm, seien wir ehrlich – als wahnsinnig interessant hat sich das Reisen in den Büchern nicht herausgestellt. Es war zwar meilenweit besser als der ewige Kreislauf aus Essen

---

5 *Bolivar kann nicht zwei tragen* – Der Hauptzweck der Fußnote ist die indirekte Demonstration der Kenntnis einer Erzählung von O. Henry durch den Autor. Deshalb solltet ihr dieser keine Aufmerksamkeit schenken, ungeachtet dessen, dass der Hinweis, ihr keine Aufmerksamkeit zu schenken, erst im zweiten Satz gegeben wird.

6 ****Spoiler Alert**** – Randle McMurphy, dessen Rettung Memento Mori ebenfalls nicht gelang. Obwohl er es im Gegensatz zu Kesey zumindest versucht hatte.

und Schlafen, aber ein von dermaßen vielen literarischen Anspielungen genervter Leser würde das Buch nach einigen Absätzen *kaltblütig* zuschlagen, sodass er Memento Mori mit Vergnügen zwischen den Seiten zerquetschte. Um den Leser davon abzuhalten, musste also eine Story her, und genau da machte Memento Mori jene Entdeckung, mit der er dem Damoklesschwert einfach ausweichen würde – während er selbst in anderen Romanen beschäftigt gewesen war, war in seinem eigenen jemandes Ermordung geplant worden! Und zwar für vier Uhr und dreiunddreißig Minuten. Im Prolog war alles detailliert beschrieben, außer einer wichtigen Sache:

Wer sollte ermordet werden?

Entschuldigung, auf Sie wartet der Tod!

Spoiler #1: Ernest Hemingway ist ein Mörder

»Schließen Sie die Augen, und stellen Sie sich vor, Ihnen würde die Superkraft verliehen, einen Menschen aus der Weltgeschichte verschwinden lassen zu können. Wer wäre Ihrer Meinung nach derjenige, dessen Nichtexistenz die Geschichte am radikalsten verändern würde?« Professor Arno holte die Brille aus der Hemdtasche und legte sie, statt sie sich auf die Nase zu setzen, auf den Tisch. »Normalerweise würde Ihnen als Erster Adolf Hitler in den Sinn kommen … Wenn Sie andere Kandidaten haben, können wir darüber durchaus diskutieren.«

Es gab andere Kandidaten. Den Wunsch, sich zu Wort zu melden, allerdings nicht. Daraus schloss Professor Arno, die Mehrheit der Hörerschaft teile offenbar seine Ansicht, und fuhr etwas forscher mit der Vorlesung fort: »Interessant wäre zu ergründen, warum Hitler zu einer Marke in der Weltgeschichte geworden ist. Doch sicher nicht wegen seines markanten Schnurrbarts? Oder wegen jener berüchtigten Geste, mit der man heutzutage nur noch Taxis anhält? Vielleicht ist das Hakenkreuz das perfekte Logo? Ist nur sein Charisma an allem schuld, welches erst einen Wind des Wandels in Deutschland aufkommen und dann einen Sturm von Kämpfen über Europa fegen ließ …«

»Vielleicht, weil er viele Menschen umgebracht hat, Herr Professor?«, schlug ein Alleswisser aus den Tiefen des Saales vor.

»Fakt ist, dass es nicht so ist. Wenn Ruhm an der Anzahl der Opfer gemessen wird, dann müsste das Denkmal von Mao Zedong auf einem Sockel stehen, der höher ist als der Himalaja. Seinem Regime fielen fünfzig Millionen mehr Menschen zum Opfer. Allerdings kann ich mich kaum an Diskussionen darüber erinnern, wie sich die Weltgeschichte verändert hätte, wenn ein Zeitreisender in ein kleines chinesisches Dorf gekommen und den neugeborenen Mao umgebracht hätte«, Professor Arno nahm die Brille vom Tisch, und weil er es für ein sinnloses In-die-Länge-Ziehen einer Erzählung hielt, die Handlungen von Figuren zwischen ihren Sätzen zu beschreiben, beschloss er, bis zum Ende der Vorlesung unbeweglich stehen zu bleiben, »während hingegen über Hitler allerlei Geschichten verfasst worden sind. Zum Beispiel, dass ein jüdischer Wissenschaftler, der den Holocaust überlebt hat, eine Zeitmaschine erfindet, um den kleinen Adolf umzubringen. Oder der schon erwachsene Hitler wird umgebracht, aber der an seine Stelle getretene neue Führer erobert ganz Europa. Oder der Sieg des Führers schreibt die Geschichte neu. Oder Hitler vermasselt einfach nicht die Aufnahmeprüfung an der Kunsthochschule, was bedeutet, dass er den Rest seines Lebens mittelmäßige Gemälde auf Leinwand zeichnet und keine Ausrottungsszenarien.«

»Und im Falle der Nichtgeburt Hitlers wäre der Krieg trotzdem ausgebrochen? Heißt das, die Geschichte wird eher von äußeren Faktoren beeinflusst als von konkreten Menschen?«, fragte ein Mann mit Che-Guevara-Shirt in der ersten Reihe.

»Über dieses Thema ist viel gesprochen und geschrieben worden.« Professor Arno machte eine Pause und setzte sich die Brille auf die Nase. »Nun, sagen wir es so: Falls der Führer eben nur ein Mensch war, der einfach zur rechten Zeit am rechten Ort auftauchte, warum ist es dann so, dass, wenn man in Büchern über Hitler und zum Beispiel Franz Ferdinand[7] und Gavrilo Princip[8] schreibt, nur für die beiden Letzteren eine Fußnote nötig ist? Inwiefern sind Princips und Franz Ferdinands freiwillige beziehungsweise unfreiwillige Rolle beim Ausbruch des Ersten Weltkriegs denn weniger bedeutend? Auf den ersten Blick ist es nicht so. Doch der Unterschied liegt genau in den ›äußeren Faktoren‹ und den ›konkreten Menschen‹. Im Falle der Nichtgeburt Gavrilo Princips hätte mit Sicherheit jemand anderes Franz Ferdinand umgebracht – oder denjenigen, der anstatt Franz Ferdinand geboren worden wäre … Das heißt, ausgehend von der in Europa herrschenden Atmosphäre war der Erste Weltkrieg schon eine Sache des Prinzips und wäre auch ohne Princip unausweichlich gewesen. Der Zweite Weltkrieg kommt mir jedoch, ehrlich gesagt, ohne Hitler recht unrealistisch vor. In Sachen Änderung der Weltgeschichte ist seine Rolle als ›konkreter Mensch‹ fast unabdingbar …«

Arno selbst, der laut Pass eigentlich Arnold hieß, hatte seit seiner Kindheit das Ziel gehabt, die Geschichte zu verändern. Am Ende war jedoch das Einzige, was er verändert hatte, sein Ziel gewesen. Als Berufsfeld wählte er die Archäologie und widmete seine ganze Jugend der Jagd nach Schädeln. Speziell die vom Homo Irgendwas-icus. Mit Resten von Zähnen hier und da und nicht sehr attraktivem Gerippe. Zwanzig Jahre lang hatte er unermüdlich gegraben, doch das Bedeutsamste, was er entdeckt hatte, war, dass alles Bedeutsame schon entdeckt worden war. Dann hatte er seine Träume tief in der Erde begraben und sein restliches Leben

7 *Franz Ferdinand* – Erzherzog Österreich-Ungarns, dessen Ermordung durch den serbischen Studenten Gavrilo Princip zum Vorwand für den Beginn des Ersten Weltkriegs wurde.

8 *Gavrilo Princip* – serbischer Student, dessen tödliches Attentat auf den Erzherzog Österreich-Ungarns, Franz Ferdinand, zum Vorwand für den Beginn des Ersten Weltkriegs wurde.

der Suche nach alternativen Wegen gewidmet, die Geschichte zu ändern. Um es klar zu sagen: In die Geschichte einzugehen, war zu seiner fixen Idee geworden.

»In Wirklichkeit können Menschen die Geschichte nicht ändern. Menschen machen sie. Um die Geschichte ändern zu können, müsste man Historiker sein«, Professor Arno rückte die Brille zurecht und erinnerte sich an die Worte irgendeines französischen Schriftstellers, »oder mit einer Zeitmaschine zurückreisen und zum Beispiel Hitler dazu zwingen, seinen Kampf aufzugeben.«

»Ja, aber«, konnte sich einer nicht zurückhalten und war, weil er schon »Ja, aber« gesagt hatte, gezwungen, den Satz fortzuführen, »Wissenschaftler haben doch bewiesen, dass eine Reise in die Vergangenheit physikalisch unmöglich ist.«

»Nun, ich kann gleich hier beweisen, dass jeder beliebige Wissenschaftler sich irren kann.« Professor Arno wusste nicht mehr, welche nicht abgedroschene Handlung er mit seiner Brille noch ausführen könnte; er hatte die Nase voll vom Suchen nach seltenen Verben. »Die Jahre werden vergehen, und den Menschen wird es unmöglich sein, sich auch nur vorzustellen, was für sie unmöglich sein könnte.«

Aus eigener Erfahrung wusste Professor Arno, dass dieses und ähnlich abgenutzte Wortspiele – »Mich beunruhigt, dass mich nichts beunruhigt«, »Entschuldigung, aber ich entschuldige mich selten«, »Mich ängstigt nur mein Mut« und dergleichen mehr – eine simple Methode war, um scharfsinnig zu wirken. Daher ließ er sich keine Chance entgehen, darauf zurückzugreifen.

»Und überhaupt, seid ihr davon überzeugt, dass jene Zeit, in der wir uns gerade befinden … also, dass diese öffentliche Vorlesung nicht für irgendjemanden schon Geschichte ist? Wisst ihr mit Sicherheit, dass wir die Ersten in diesem Raum-Zeit-Kontinuum sind? Dass es vor uns niemanden gab und dass ›morgen‹ noch nicht angebrochen ist?«

Jemand zuckte unbewusst mit den Schultern. Aber das hatte niemand bemerkt. Noch nicht mal derjenige selbst.

»Stellen wir uns vor, wir hätten eine Zeitmaschine erfunden und wären zum Beispiel zu van Gogh gereist …«

Als ein Mädchen in der dritten Reihe den Namen van Gogh hörte, lächelte sie süß, und in ihren übernächtigten Augen funkelten Sterne.

»Nun, da steht also der mit Farbe bekleckerte Vincent in seinem Zimmer, malt Sonnenblumen und glaubt ernsthaft, dass das, was dort passiert, die Gegenwart ist, dass jenseits jenes Tages noch nichts ist, dass das einundzwanzigste Jahrhundert noch genauso fern ist wie sein Ruhm … Wir jedoch, die Leute in zweihundert Jahren Entfernung, könnten ihn einfach vom Gegenteil überzeugen. Er wird uns bestimmt nicht sein Ohr leihen und uns für verrückt halten, aber …«

»Der Doctor würde ihn in die TARDIS[9] setzen und in eine Ausstellung mit seinen Gemälden bringen!«

»Doktor wer?«, fragte Professor Arno und dachte, dass er gleich nach dem Ende der Vorlesung diese »Trandis« googeln sollte. Er fühlte sich immer völlig unfähig, wenn jemand etwas wusste, von dem er selbst nicht mal den Hauch einer Ahnung hatte. »Außerdem, was tut das zur Sache … Ich wollte nur zum Ausdruck bringen, dass es möglich ist, dass in diesem Moment im Abstand von zwei Jahrhunderten ein Mensch eine Vorlesung hält, der genau jetzt sagt, dass nicht ausgeschlossen sei, dass vor zwei Jahrhunderten irgendein betagter Professor hier gestanden und über den vor vier Jahrhunderten lebenden van Gogh gesprochen hat.«

---

9 *TARDIS* – Doctor Who's telefonzellenförmige Zeitmaschine. Sie tauchte erstmals am 23. November 1963 bei der BBC auf, genau einen Tag nach der Ermordung John F. Kennedys. Nun ja, falls sie einen Tag früher aufgetaucht wäre, hätte das an Kennedys Tod auch nichts ändern können.

Im Hörsaal beschlossen einige Leute, Professor Arno sei der klügste Mensch, den sie je getroffen hatten. Im Allgemeinen sahen das auch viele in der Stadt so, was den Professor außerordentlich wunderte. Hinter seinen öffentlichen Vorlesungen stand doch nicht einmal eine tiefere Philosophie und auch keine höhere Kompetenz. Trotzdem – oder möglicherweise genau deswegen – konnte er sich über mangelnden Zulauf an Zuhörern nicht beschweren. Im Gegenteil: Im Anschluss an die Veranstaltungen bezahlten ihm manche sogar ein Honorar dafür, dass er zum tausendundersten Mal das wiederholt hatte, was er vorher schon tausendmal kostenlos gesagt hatte.

»Die Existenz einer Zeitmaschine würde einfach einen riesigen Kollaps der Geschichte auslösen …«

… nach legalen Wegen, in diese einzugehen, hatte Professor Arno im Laufe der letzten zehn Jahre vergeblich gesucht. Krieg hatte er von Anfang an ausgeschlossen – zum Armeekommandeur war er nicht geboren, kollektiv in die Geschichte einzugehen jedoch (»berühmte Kriegshelden«, »300 Spartaner«), war auch nicht besonders hilfreich; den Plan, irgendeine große Kirche niederzubrennen, legte er alsbald ad acta. Erstens stand einem Wissenschaftler ein Plagiat nicht gerade gut zu Gesicht, und zweitens würde ihn dieser Weg eher in eine Gefängniszelle führen als in die Geschichte. Er versuchte es auch mit Politik, aber bevor er etwas ändern konnte, hatten ihn die Wähler abgewählt. Am Ende ging ihm die Fantasie aus, und er beschloss, inspirierende letzte Worte vor dem Tode zu finden und auf diesem Weg seinen Namen für immer ins Bewusstsein der Nachwelt einzuprägen. Oder, bildhafter ausgedrückt, seine Sterbensworte unsterblich zu machen …

»Könnten Sie uns das Prinzip der Zeitmaschine in einfachen Worten erklären?«

»Auf diese Frage werden wir etwas später zurückkommen«, Professor Arno griff auf eine gern genutzte Methode zurück,

Gespräche über Themen zu vermeiden, von denen er nicht die geringste Ahnung hatte, »aber eines kann ich Ihnen genau erklären: Wahrscheinlich kommt Ihnen Zeitreise jetzt wie ein Wunder vor, aber die Geschichte hat uns gelehrt, dass ›Wunder‹ nur ein Synonym für ›Perspektive‹ ist. Heutzutage bringt man weder mit einer Skizze eines U-Bootes jemanden zum Staunen noch mit der Verwandlung von Wasser in Wein. Das Verfallsdatum von Wundern ist überschritten – wenn sie nicht auf Foto oder Video festgehalten sind, glaubt keiner daran. Und selbst wenn sie festgehalten sind, werden sie nicht Wunder genannt, sondern gute Montagen …«

… in Professor Arnos Leben war nie ein Wunder geschehen. Nicht eine einzige Begebenheit, die dafür getaugt hätte, sie später den Enkeln zu erzählen. Außerdem hatte er nicht mal Enkel, die eine Existenz solcher Begebenheiten notwendig gemacht hätten. Die Welt hatte also alles perfekt ausbalanciert. Die Hauptsache war, dass im Rahmen der Weltbalance alle von ihm zu Lebzeiten nicht ausgesprochenen Sätze in perfekte letzte Worte vor dem Tod verwandelt würden. Sie sollten kurz und präzise sein und zu Herzen gehen. So wie diese: *Zu verkaufen: Babyschuhe, nie getragen.* Oder, bildlicher ausgedrückt, wollte er den einen, alles zusammenfassenden Slogan seines Lebens kreieren …

»Haben Sie gewusst, dass die gesamte uns bekannte jahrtausendealte Geschichte im Voraus verfasst wurde?«

Professor Arno kam gerade aus der Universität, als er eine fremde Stimme hörte. Der Unbekannte trug ein Shirt mit Che-Guevara-Aufdruck, und seine Augen hatten beide die gleiche Farbe[10] – braungrau.

---

10 *seine Augen hatten beide die gleiche Farbe* – diese Anspielung auf »Der Meister und Margarita« ist unwichtig, aber sie zeigt uns, dass der Teufel wirklich im Detail steckt.

»Ja, alles ist Fiktion. Wir hingegen sind einfach nur Teile des Experiments, bei dem Sie möglicherweise der Tod erwartet.«

Professor Arno wusste natürlich, dass ihn der Tod irgendwann einmal ereilen würde, aber ganz so früh hatte er nicht damit gerechnet. Er war so verwirrt, dass ihm als Antwort nur die allereinfachsten Anwärter auf seine letzten Worte einfielen: »Ich habe keine Angst vor dem Tod, da ich bezweifle, dass sich die Hölle als schlimmer herausstellen kann als die Erde.«

Spoiler #2: Professor Arno wird von einer Reklametafel gepackt

Matthäus reichte es nicht, im Augenblick zu verweilen. Er wollte die gesamte Zeit einfrieren. Alle Zeiger. Alle Ziffernblätter. Sekundenzeiger. Kalender. Wecker. Sogar die Kuckucke. Ja, Matthäus war nicht Rick Sanchez, Doktor Faust oder jemand noch Intellektuelleres … zum Beispiel Josua, der Sohn Nuns[11]. Dennoch, es war an der Zeit, dass sich jemand ernsthaft darum kümmerte, der Zeit in dieser Welt habhaft zu werden.

Matthäus' Methoden waren allerdings noch nicht perfekt: Anfangs hatte er beschlossen, spät einzuschlafen und früh aufzuwachen. Er gewann mindestens fünf Stunden pro Tag, bis er aussah wie einer der Schauspieler aus den Massenszenen von »The Walking Dead« und er gezwungen war, sich geeignetere

---

11 *Josua, der Sohn Nuns* – Anführer des jüdischen Volkes und einfach ein guter Mensch. Im Kampf gegen die Kanaaner bat er Gott darum, die Sonne anzuhalten, damit er den Kampf vollenden konnte, und Gott erfüllte die Bitte problemlos. Also, wenn man niemanden hat, der für einen da ist, kriegt man im Leben sowieso nichts auf die Reihe.

Wege zu suchen, um an sein Ziel zu kommen. Zur selben Zeit entledigte er sich auch sämtlicher Uhren und Wecker in seinem Haus, denn sie waren wie eine *direkte Deklaration der verfliegenden Zeit*, er merkte aber schnell, dass es überall weiterhin Uhren gab. Die Stadt verlor nie Zeit mit Fragen nach der Uhrzeit. Er versuchte sogar, den Erwartungseffekt zu verstärken: Gleich nach der Lotterieauslosung füllte er neue Tippscheine aus, damit sich die Zeit des Wartens auf die potenziellen Millionen unerträglich ausdehnte. Eine Million konnte er natürlich nicht gewinnen. Zeit dafür umso mehr. Letztendlich beschloss er, bei seiner Bank einen langjährigen Kredit aufzunehmen – denn ein Kredit folgte einem paradoxen Prinzip: Die Tage vergingen schnell von Monat zu Monat, zogen sich aber von Jahr zu Jahr schmerzlich hin. Auch das für umsonst. Obwohl Zeit Geld ist, war Geld nicht Zeit, und Matthäus merkte, dass er die meiste Zeit auf das Nachdenken übers Zeitsparen verschwendet hatte, deshalb ging er, solange noch Zeit war, zu anderen Ideen über. Ideen hatte er schließlich mehr als Zeit:

- Er wollte ein Handelszentrum namens »Judas Iskariot« mit dem Slogan »Wir verkaufen nur das Beste!« eröffnen.
- Er wollte mehrere identische Gemälde anfertigen, die sich untereinander nur durch ihre Titel unterschieden.

Müder Pollock

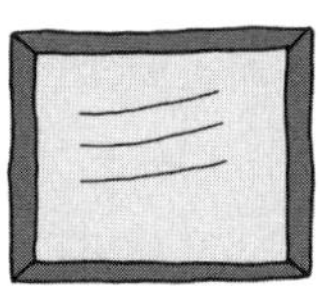
Drei Flugzeuge

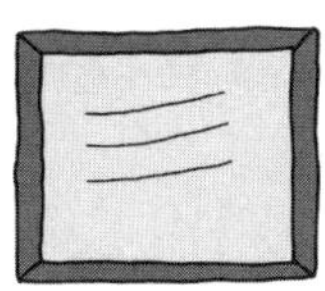
Stirn. Alter

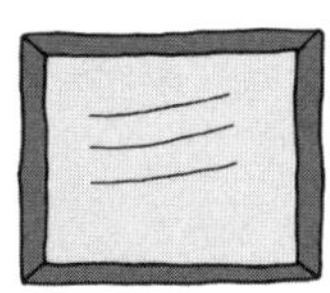
Logans Slogan

- Er wollte ein Reisebüro namens »FAST FOOD«[12] gründen, das seine reichen Kunden, welche es nicht schafften, vor Beginn des Fastens eine gute leckere Mahlzeit zu sich zu nehmen, in eine zurückliegende Zeitzone befördern würde.
- Er wollte eine ungewöhnliche Kreuzworträtselzeitschrift herausgeben, eine, die statt eines Titels leere Kästchen auf dem Cover hat – darüber eine Frage. Die Antwort auf diese Frage ergäbe den Titel der Zeitschrift und änderte sich bei jeder Ausgabe in Abhängigkeit von der Frage.
- Er wollte die Nichtregierungsorganisation »Uroboros«[13] gründen, welche Spenden nur einwürbe, um sich selbst zu helfen.
- Er wollte, dass die Bevölkerung des ganzen Landes zu Millionären wird, und hatte sich dafür schon ein absolut simples Modell überlegt: Wenn jeden Monat eine Million Menschen je einen Dollar sparen und einem von ihnen geben würden, dann würde dieser eine automatisch Millionär werden. Im zweiten Monat würde der Zweite Millionär, im dritten Monat der Dritte und so weiter – bis zur Million. Der einzige Fehler des Modells bestand darin, dass das Land auf diesem Wege pro Jahr nur um zwölf Millionäre reicher würde und einige Menschen – konkret drei Millionen neunhundertsiebzehntausendachthundertzweiundzwanzig – im Laufe ihres Lebens fast keine Chance mehr haben würden,

12 *FAST FOOD* – der Name der Firma entspringt einem Wortspiel, da das Wort *fast* »schnell« und »fasten« bedeutet, welche die zwei Hauptkomponenten der nicht existenten Dienstleistung der nicht existenten Firma sind (Anm. d. nicht ex. Übers.).

13 *Uroboros* – 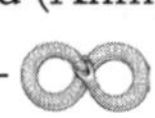

Millionär zu werden. Natürlich nur, falls nicht irgendeiner von ihnen in jener Lotterie gewinnen würde, die nicht für Matthäus gemacht zu sein schien …

… letztendlich beschloss er, Privatdetektiv zu werden. Zuerst suchte er nach einem Fall, dann suchte er nach Wegen, ihn zu untersuchen. Und da er keinen Veteranen des Anglo-Afghanischen Kriegs als Mitbewohner hatte, musste er die Details eines Falles eben für die kommenden Generationen selbst beschreiben.

Gleich der erste Fall (»Der verschwundene Sendemast vom Mtazminda[14]«) stellte sich als nebulös heraus. Allerdings hatte sich der Nebel auf dem Mtazminda verzogen, und alles – unter anderem auch der Mast – befand sich wieder an seinem Platz, bevor Matthäus die Gründe für einen möglichen Diebstahl des Sendemasts durchdacht hatte. Auf sein erfolgreiches Debüt folgte ein weiterer Fall – diesmal musste Matthäus eine Katze anstatt eines begrabenen Hundes finden (»Tot oder lebendig«). Die Katze namens Schrödinger kam zwar aus freien Stücken zurück nach Hause, aber keiner konnte die Tatsache leugnen, dass Matthäus diese Rückkehr schon zwei Stunden vorher unfehlbar vorausgesagt hatte. Dann gab es den geheimnisumwobenen Fall des nackten Mannes im Haus gegenüber, der zwischen Fensterscheibe und Vorhang feststeckte (»Die nackte Wahrheit«). Aber der Ehemann der Nachbarin war so schnell verschwunden, dass er nicht mal versuchte, hinter den Vorhang zu schauen, um die Wahrheit zu sehen. Seinerseits beschloss Matthäus großherzig, die intimen Details dieses erotischen Falls nur in seinen Aufzeichnungen fest-

---

14 *Mtazminda* – der »heilige Berg« im Zentrum von Tbilissi. Auf ihm befindet sich ein Sendemast, der von überall in der Stadt zu sehen ist – außer vom Sendemast aus.

zuhalten und die Geschichte des ans Fenster gedrückten Arsches außerhalb seiner Annalen unerwähnt zu lassen.

Natürlich war sich Matthäus vollständig darüber im Klaren, dass die ganze Serie von Ermittlungen nur ein Kinderspiel war und ihm jene Zeit vertrieb, die er bis dahin vergeblich versucht hatte anzuhalten. Nach einigen erfolgreichen Ermittlungen – »Lord of the Fries« (viel Lärm ums nichts bei McDonald's), »Der verschluckte Schlucker« (die mystische Geschichte eines aus einer Spelunke des Viertels verschwundenen Säufers), »Wer die Nachtigall stört« (ein Streit, der sich darüber entsponnen hatte, dass Schrödinger für die Tötung eines Vogels bestraft worden war) – war er allmählich von seinen Fähigkeiten überzeugt und beschloss, zu echten Morden überzugehen. Genau in diesem Moment sprach er seinen berühmten Satz: »Im Westen ist Sherlock Holmes, im Osten bin ich!«, und weil er es überaus primitiv fand, Holmes zu imitieren, plante er dessen Antipode zu werden – er rauchte E-Zigarette, spielte Vuvuzela und versuchte, induktiv zu denken.

»Eine Vitrine ohne Scheibe. Eine leere Ausstellungsfläche. Gelbes Polizeiabsperrband drumherum … tja …«, Matthäus neigte ein wenig den Kopf, legte den abgespreizten Daumen der geballten linken Faust unters Kinn, presste die übrigen Finger an Lippen und Nase, fragte sich, ob die Leser seine Bewegungen nachahmen würden, wenn er eine Romanfigur wäre und jemand seine Bewegungen so beschriebe, und zog nach einigen lyrischen Wendungen eine unbezweifelbare induktive Schlussfolgerung – es musste sich um einen Diebstahl handeln.

»Ja. Nur ein Dieb, Gauner und Bastard würde hier hereinkommen, aber Besucher? Nein!« Der Sicherheitsmitarbeiter des Museums wedelte mit der Hand, was eher wie ein Winken wirkte. »Schulkinder werden ab und zu auf Exkursion hierhergeschleppt, und das war's … Das hab ich ja schon immer gesagt, wir interessieren uns für Museen nur im Ausland. Wir brauchen nur irgendwohin zu reisen, und schon landen wir schnurstracks in einem Museum. Aber hier ist das Museum der letzte Ort, wo wir hingehen möchten. Was will man da? Wir sind zwar stolz auf unsere Sehenswürdigkeiten, besichtigen aber trotzdem lieber die von anderen. Vielleicht, weil wir denken, sie sind ja gleich um die Ecke, in zwei Schritten Entfernung, wir können ja hingehen, wann wir wollen. Und der Louvre erscheint uns irgendwie weit weg.«

»Oder weil hier keine ›Mona Lisa‹ und keine ›Venus von Milo‹ ausgestellt sind«, brachte Matthäus seine eigene Version ins Spiel und schämte sich ein bisschen, dass er aus der großen Sammlung des Louvre nur diese beiden Exponate kannte.

»Pah, ›Mona Lisa‹, wenn die überhaupt ein Original ist«, der Sicherheitsdienstmitarbeiter ging, warum auch immer, zum Flüstern über, »im Internet stand, dass das, was im Louvre ausgestellt ist, in Wirklichkeit nicht das ist, was dieser … äh … Typ zu seiner Zeit gemalt hat. Das Original ist irgendwo im Depot versteckt. Und das, was die Leute sich angucken, weißt du, was das ist? So was wie die Schokoladenattrappen, die früher in den Schaufenstern standen und die wir für echt gehalten haben! Und selbst wenn sie echt wäre, ich hasse trotzdem diese mit tausenderlei Krimskrams vollgestopften Museen. Um echte Kunst zu zeigen, braucht man nur ein oder zwei Gemälde, denn nach zehn Minuten sinnlosen Rumlaufens ist einem piepegal, ob das Gemälde in dem Saal da von Pablo Picasso oder von Pablo Escobar ist.«

»Was das verschwundene Exponat angeht …« Matthäus wollte endlich seine Ermittlungskunst zeigen.

»Ach ja! Ich liebe ja die Regel, dass man ein Foto machen darf. Ich bin ja nicht in vielen Museen im Ausland gewesen, aber über die, in denen ich war, kann ich mir ein Urteil erlauben … In manchen ist Fotografieren ja verboten. Als ob das kein anderer sehen soll, oder was weiß ich, warum, aber trotzdem: Ein Foto zu machen, schaffst du überall … Man knipst es. Es kommt einer angestürmt. Macht mit dem Finger du-du-du. Man antwortet: ›Ixkjuhsmii, das hab ich nicht gewusst, ich tu's nie wieder, Mister‹, aber immerhin, es bleibt einem dieses eine Foto … Eine Erinnerungsaufnahme aus dem gesamten Museum. Deswegen hängt alles von der richtigen Auswahl dieses einen Fotos ab.«

»Was ist also verloren gegangen?« Matthäus verlor gleichzeitig Zeit und die Geduld.

»Die Museumskultur ist verloren gegangen, der Respekt vor sich selbst ist verloren gegangen … Hm, was noch?«

»Ich hab das Exponat gemei…«

»Ich hab auch das Exponat gemeint«, unterbrach ihn der Sicherheitsdienstmitarbeiter, »früher zum Beispiel …«

Der Fall stellte sich also folgendermaßen dar: Im Seidenmuseum, einem zweistöckigen, prunkvollen Gebäude aus roten Ziegelsteinen an einem ruhigen und grünen Park, war das Hauptexponat – ein Seidenpantoffel der legendären Königin Tamar – unbemerkt verschwunden. Keinerlei Spuren. Keinerlei verdächtige Geräusche. Keinerlei irgendwas. Tür und Fenster waren von innen verschlossen gewesen. Weder die Polizei konnte den Fall lösen noch – was noch viel verwunderlicher ist – die Journalisten. Der Sicherheitsdienstmitarbeiter jedoch, der bestimmt viel leichter den Dieb im Zaum hätte halten können als seine Zunge, schwieg zu diesem Vorfall verdächtig. Es war zwar nicht Matthäus' Traumkriminalfall (das wäre eher der Mord an diesem Sicherheitsdienstmitarbeiter), aber zumindest könnte er sich so endlich einen seidenen Ruhmesmantel umhängen. Genau deshalb war er, sobald er im Fernsehen von dem Diebstahl gehört hatte, hier aufgetaucht.

»Der Fall ist über alle Maßen kompliziert, Watson!«, seufzte Matthäus und grübelte.

Nun, in Wirklichkeit war der Fall völlig simpel und wurde nur durch die Anwendung der induktiven Methode verkompliziert.

Erstens konnte Matthäus Induktion nicht richtig von Deduktion unterscheiden und war ständig auf der Hut, nicht die Methode des eingebildeten Londoners anzuwenden. Zweitens war die Untersuchung des Falles mittels Induktion fast dasselbe wie Kaffee in den Zucker zu schütten. Na gut, vielleicht nicht dasselbe, aber wie gesagt, Matthäus konnte Induktion nicht richtig von Deduktion unterscheiden …

»Nun, wenn ich nicht mit Induktion angefangen hätte, wäre ich leicht zu dem Schluss gekommen, dass sich der Sicherheitsdienstmitarbeiter eher um die lauen Besucherzahlen des Museums sorgt als um das Verschwinden von Königin Tamars Pantoffel. Außerdem wird Königin Tamar in der Geschichte viel öfter barfuß erwähnt als mit Pantoffeln.« Matthäus machte im Geiste eine Pause, die zur Schärfung seines Geistes beitragen sollte. »In Wirklichkeit …«

»… existiert keinerlei Pantoffel, und es ist einfach ein Marketingschachzug des Museums«, vollendete ein Mann, der aus dem Nichts im Raum aufgetaucht war, Matthäus' Satz. Der Unbekannte hatte einen kurzen Bart und kurzes Haar, was man von dem Mann auf seinem Shirt wirklich nicht behaupten konnte.

»Was existiert nicht?« Der Sicherheitsdienstmitarbeiter schien beleidigt. »Seit Jahren steh ich hier, um den zu bewachen!«

»Sie bewachen ihn, aber die Hauptsache ist doch, quis custodiet ipsos custodes?[15]«, antwortete der Unbekannte auf Latein, um eine Wortwiederholung zu vermeiden, und wandte sich, bevor der Sicherheitsdienstmitarbeiter, weil er nicht die Superkraft besaß, die Fußnoten dieses Buches zu lesen, in Verunsicherung verfiel, an Matthäus: »Es ist Zeit, sich ernsthafteren Dingen zuzuwenden.«

---

15 *Quis custodiet ipsos custodes?* – (lat.) »Wer wird die Bewacher bewachen?« Das war die erste und letzte lateinische Phrase, die euch in diesem Buch begegnen soll. *Promitto* – (lat.) »Ich verspreche es euch.«

»Ich halte nur Morde für ernsthafte Dinge!«

»Genau der Meinung bin ich auch. Die Sache ist nur die: Es ist noch kein Mord passiert …«

Matthäus wusste nicht, wer zum Teufel dieser Mann war, er wusste nicht, wie er einen noch nicht geschehenen Mord untersuchen sollte, er wusste nicht, ob er den laufenden Fall »Seidenstraße« nennen sollte oder »Seidensackgasse«, er kannte nicht Sokrates' berühmtestes Zitat, die Identität Jon Snows und die erforderlichen Umweltbedingungen für die Vermehrung von Chlamydomonas, er wusste weder, was Chlamydomonas sind, noch, warum er einem Menschen vertraute, über den er nichts wusste, aber er willigte trotzdem bedingungslos ein, den Fall zu untersuchen, denn trotz des großen Unwissens wusste er zumindest eines: »Lehne nie etwas ab, wenn deine Zustimmung nichts kaputtmacht!«

Spoiler #3: Virginia ist Sylvias Geliebte

»Warum ist es oft so, dass wir die lieben, die uns nicht einmal mögen, und warum lieben uns die, die wir nicht einmal mögen?«, grübelte Lea und legte »Bestseller«[16] in ihren Koffer. Und da ihr niemand anderes auf ihre Gedanken antwortete, fuhr sie innerlich fort: »Wahrscheinlich deshalb, weil es die perfekte Welt nur im Märchen gibt und sich das Leben irgendwie vom Märchen unterscheiden muss. Das ist sein wahrer Sinn – immerwährender Kampf, denn ein märchenhaftes Leben, wie wundervoll auch

---

16 *Bestseller* – Buchtitel. Stammt aus der Tastatur des Autors, der diese Fußnote schreibt.

immer, ist am Ende trotzdem eintönig und langweilig ... Ja, es ist dumm, nur dafür zu kämpfen, dass dein ganzes restliches Leben in einer Floskel wie ›und sie lebten glücklich und zufrieden bis ans Ende ihrer Tage‹ zusammengefasst werden kann.«

Lea selbst hatte nie davon geträumt, Prinzessin zu sein. Mehr noch, für sie war ein Frosch nur ein mäßig sympathischer Vertreter der Familie der schwanzlosen Amphibien, und der einzige Prinz, den sie von ganzem Herzen treffen wollte, lebte leider auf einem völlig anderen Planeten namens B 612. Deshalb hatte Lea auch ein unmärchenhaftes Leben, in dem sie alles in Stichpunkte unterteilte, von denen sie nur vier mochte:

1. *Endlose Gedanken*: Lea dachte oft, dass Worte in Gedanken viel besser klangen, als wenn sie ausgesprochen wurden. Sie stellte die Worte blitzschnell im Kopf zusammen und konnte so innerhalb einer Stunde ein literarisches Meisterwerk verfassen, vor Millionen Menschen eine hochemotionale Rede halten, Fachdiskussionen über die praktische Anwendung von Sinus- und Kosinussatz im alltäglichen Leben gewinnen, beim Flirt einen Dialog exakt so führen, wie sie ihn sich ausgemalt hatte ... Aber genau dann, wenn sie den Mund aufmachte, geriet ihre Wortreihenfolge durcheinander. Sie verbuchselte die Wechstaben. Aus dem Nichts tauchten Scharen von »Ähms« und »Na jas« und »Eigentlichs« auf. Die Hälfte der verbalen Einheiten weigerte sich strikt, sich auch nur einen Millimeter auf ihrer Zunge zu bewegen. Lea verglich sie deshalb mit einem Sprungbrett, das nur etwas für ganz gewagte Wörter war. Doch ab und zu, wenn sie etwas sehr Unpassendes sagte, glich ihre Zunge einer über Bord ragenden verhängnisvollen

Planke auf einem Piratenschiff ... Und zwar immer dann, wenn Lea frei über alles Mögliche auf der Welt nachdenken konnte, zum Beispiel darüber, warum Frauen in der Werbung immer ihr Lieblingswaschpulver in der Tasche trugen oder ob die Liebe zur lateinischen Sprache als Nekrophilie gelten sollte, oder darüber, woher Schriftsteller wussten, worüber ihre Romanfiguren nachdachten.

2. *Kampf gegen leere Sprachhülsen*: Lea hasste abgenutzte Vergleiche wie die Pest. Metaphern ebenso. Oder Hyperbeln. Und all die anderen literarischen Tricks, deren Namen sie oft vergaß. Wie zum Beispiel jetzt. Deshalb war Lea ständig auf der Suche nach einzigartigen Formen, was schwieriger war als Houellebecqs Nachnamen gleich beim ersten Mal fehlerfrei zu schreiben oder ein vor Monaten beiseitegelegtes Buch weiterzulesen, ohne die schon gelesenen Seiten noch mal zu überfliegen.
3. *Die Prinzessin der Tiere*: Katzen waren der helle, fluffige Fluchtpunkt in Leas Leben. Sie liebte alle, die mit Katzen auch nur die geringste Verbindung hatten, von Halle Berry bis Andrew Lloyd Webber. Aufgrund ihrer Begeisterung für Katzen konnte Lea selbst Katzenjammer und Katzenwäsche etwas Positives abgewinnen. Aus demselben Grund hatte sie immer einen großen Vorrat an kaltem Brei zu Hause. Natürlich hatte sie selbst auch eine Katze. Eine schwarze. Mit dem eigenartigen Namen Eyed Peas.
4. *WJOZAFOT* (*Weltjugendorganisation für Zukunft, Arthouse-Filme und obdachlose Tiere*): So hieß die NGO, deren starkes und unabhängiges Zentrum Lea darstellte. Die Hauptmission der Organisation

war, herauszufinden, was genau sie eigentlich tun. Leas Job hier war etwas seltsam: Sie sollte aufmerksam sein und auf jegliche Anzeichen von Sexismus im Alltag achten. Ehrlich gesagt erschloss sich Lea das Wesentliche des Feminismus nicht so recht, aber obwohl sie keine größeren kulinarischen Kenntnisse vorweisen konnte, war sie dagegen, alle Männer in einen Topf zu werfen.

Trotzdem: Warum ist es oft so, dass wir die lieben, die uns nicht einmal mögen, und warum lieben uns die, die wir nicht einmal mögen? Über diese Formulierung grübelte Lea nach, und ihr war, als ob jemandes unsichtbare, ein wenig faule Hand ihren Gedanken vom Kapitelanfang mittels Copy and Paste in den siebten Absatz des Kapitels übernommen hatte. Sie hatte über solche Ungerechtigkeiten des Lebens bislang noch nie nachgedacht – bis eine Figur aus dem Roman »Bestseller« sie ins Grübeln gebracht hatte. Irgendwie ähnelte sie ihr. Nichts und niemand gefiel ihr – vielleicht war es das. Sie zog in Erwägung, dem Autor selbst zu schreiben, um eine Antwort zu bekommen, fand das dann aber doch zu gewagt: Erstens bestand die Möglichkeit, dass der Adressat sie falsch verstehen und die Frage als Vorwand auffassen könnte, ein Gespräch anzufangen, und zweitens wäre es lächerlich, dem Autor zu sagen, sie halte sich für seine Romanfigur.

Deshalb beschloss sie, sich die Frage ohne seine Hilfe zu beantworten: »Wenn jeder jeden mögen würde, verlöre die Liebe ihren Wert, aber Gott scheint absolut kein Sozialist zu sein … Wow!« Lea war mächtig stolz auf ihre Aussage – »Gott« und »Sozialist« kamen in ein und demselben Satz vor. Lea selbst hatte bei persönlichen Beziehungen weniger hohe Ansprüche. Das Einzige, was sie vom potenziellen Auserwählten erwartete, war *Perfektion*. Angeblich sei das typisch für Mädchen …

»Warum nur für Mädchen?«, regte sich Lea auf. »Das ist sexistisch!«

... Na gut. Angeblich sei es typisch für Menschen, den perfekten Partner zu suchen, wenn sie selbst weit von der Perfektion entfernt waren. Und genau so war Lea. Entweder gefiel ihr das Profil nicht oder das Profilbild, manche Männer schrieben anstatt »Was machst du so?« »Was machstnso?« (bei solchen zusammengezogenen Wörtern kam Lea immer Frida Kahlo in den Sinn), manche luden beim ersten Date zu McDonald's ein (und sie zum Hamburgermenü), manche mochten eher Van Damme als van Gogh, manche wussten nichts von Kierkegaard[17] (die existenziellen Sorgen des Philosophen verstand auch Lea nicht richtig, aber ein perfekter Mann ist ja deshalb perfekt, weil er etwas über Kierkegaard – zumindest den Vornamen – weiß), manche schrieben mit mehr Emojis als mit lateinischem Alphabet, manche konnten nicht einmal das, manche assoziierten x nur mit Wettbüros statt mit Mathematik, manche waren von den häufigen Selfies angeödet, manche hatten zwar nichts gegen Fotos, standen aber mit einem derart erstarrtem Gesicht da, als würde statt eines Vögelchens der Rote Baron[18] aus dem Objektiv fliegen ... Und Lea war es leid, die besten Jahre ihres Lebens auf die Suche nach dem perfekten Mann zu verschwenden. Deshalb beschloss sie: Wenn Liebe blind ist, könnte sie doch vor ein paar Kleinigkeiten die Augen verschließen und sich keine Gedanken mehr machen. Und genau in diesem entscheidenden Moment tauchte *der* Mann auf ...

---

17 *Kierkegaard* – Søren, dänischer Philosoph und noch vieles mehr. Hat keine grundlegende Bedeutung für die Erzählung.

18 *statt eines Vögelchens der Rote Baron aus dem Objektiv fliegen* – diesen Vergleich machte der einzige Mann, der Kierkegaard kannte und ihr gleich erklärte, dass der Rote Baron der erfolgreichste Kampfpilot der Deutschen im Ersten Weltkrieg war.

Sie lernten einander bei einer Demo vor einem Café kennen. Dort protestierten sie gegen die Angewohnheit mancher Kellner, die Rechnung geradewegs immer dem Mann zu bringen, wenn der zusammen mit einer Frau im Café saß. Nach der Demo schlug ihr neuer Bekannter vor, das Ganze gleich in der Praxis zu testen, und lud Lea in ebendieses Café ein, um den potenziell sexistischen Kellnern zusammen eine Lektion zu erteilen.

Das Shirt des Mannes zeigte einen verstrubbelten Revolutionär mit sehr kurzem Namen und sehr langem Haar. Der Besitzer des Shirts selbst sah nicht aus wie ein Einheimischer. Er hatte eine etwas westeuropäische Ausstrahlung, blasse Wangen und attraktive Jochbeine.

»Es gibt keine Liebe auf den ersten Blick ... es gibt keine Liebe auf den ersten Blick ... es gibt keine Liebe auf den ersten Blick«, wiederholte Lea mantraartig und dachte zugleich, dass, wenn der Mann sie freundlich bäte, sie ihm bis an das Ende des Universums folgen würde, wenn nicht sogar per Anhalter durch die Galaxis, und zwar mit dem ersten und einzigen Auto, das mit David Bowies Musik um den Planeten driftete.

»Mit Vergnügen würde ich mit dir zusammen herumreisen«, schlug der Unbekannte unvermittelt vor, fast, als könnte er Leas Gedanken lesen. Nun, nicht fast – er konnte sie tatsächlich lesen. Und nicht nur er. Leas Gedanken konnte jeder lesen, der dieses Buch auf einer passenden Seite aufschlug. Lea war das nicht klar, und sie schrieb den

ersehnten Vorschlag nur den magischen Eigenschaften der zwischen ihnen entstandenen Verbindung zu …

»Ich hab schon immer vom Reisen geträumt«, antwortete Lea mechanisch, kam aber bald durch die Autosuggestion ihres »Es gibt keine Liebe auf den ersten Blick«-Mantras zur Besinnung, »ich hab nur gerade keine Zeit …«

»Mach dir keine Sorgen wegen der Zeit. Auf dieser Reise kannst du alles verlieren – außer Zeit.«

Lea dachte eine Weile darüber nach. Weder wollte sie Zeit noch ihren Kopf verlieren.

»Angenommen, ich bin mit deinem Vorschlag einverstanden. Wohin fahren wir dann?«

Die Frage war doppeldeutig – sie betraf sowohl Zeit als auch Raum.

»Das sag ich dir heute Abend.« Der Mann benutzte die abgedroschene Methode des Spannungsaufbaus und fuhr fort: »Außerdem besteht der Reiz des Reisens nicht darin, wohin man reist, sondern mit wem.«

»Warum ich?« Lea hoffte als Antwort auf diese Frage zu hören, sie sei perfekter als die Perle im Ohrring des Mädchens von Vermeer oder so interessant wie der Fakt, dass die Eisoberfläche der Antarktis ungefähr drei Prozent Pinguin-Urin enthält, dass in ihrem zukünftigen Haus sieben Katzen, eine Spinne namens Sleipnir[19] und drei Kinder herumrennen würden, von denen das erste Lucy heißen würde oder Emil und so weiter und so fort … Aber ach!

»Das ist eine wichtige Expedition«, sagte der Mann im Flüsterton. Seiner Meinung nach verlieh Flüstern jeder beliebigen Geschichte mehr Charme. »Dazu braucht es allerdings den Sinn und Verstand einer Frau.«

---

19 *Sleipnir* – Antwort auf eine Rätselfrage – Odins achtbeiniges Pferd. Acht Buchstaben. Der fünfte ein P.

»Hm. Wenn das mal nicht sexistisch ist?!«, dachte Lea enttäuscht. »Ich werde nirgends mit ihm hingehen. Zur Hölle soll er fahren, und zwar ohne mich. Basta!«

***

Der Koffer stand so majestätisch in der Mitte des Zimmers, als wolle er eine Thronrede über seine königlichen Träume an Tausende seiner Mitkoffer richten. Der versprochene »Abend« hätte schon vor drei Stunden beginnen sollen. Der Mann hatte ihr gesagt, er werde sie bald abholen, aber die Bedeutung von »bald« war bei den Einheimischen überaus breitgefächert – von zwei Minuten bis zwei Stunden. Die Adresse ihrer Wohnung hatte sie ihm gleich im Café gegeben – Straße soundso. Block soundso. Eingang soundso. Dritter Stock. Rechter Hand eine Stahltür. Darauf ein Gigi-Buffon-Aufkleber. Die Buffon-Aufkleber-Idee stammte von einer Freundin. Sie hatte ihn bei ihrem Einzug in die neue Wohnung an die Tür geklebt: »Der beschützt dich besser als jedes Heiligenbildchen«, hatte sie gesagt. Lea gefiel das. Aber eher Gigi als die Idee des Beschützens, und jedes Mal, wenn sie jemandem die Adresse sagte, ergänzte sie voller Stolz: »Eine Stahltür. Mit einem Gigi-Buffon-Aufkleber darauf.«

»Es wäre besser gewesen, wenn ich von Anfang an erfahren hätte, wo wir hinfahren!« Der Grad von Leas Verärgerung wuchs proportional zur vergehenden Zeit. Und als hätte jemand ihre Worte gehört, vernahm sie ein Klopfen an der Tür.

Ein paar Sekunden später traten drei völlig verschiedene Männer ins Zimmer. Einer davon war natürlich er, der sexistische, unpünktliche Blödmann. Der zweite war ein großer Mann mittleren Alters mit kurz geschnittenem weißem Bart und schlecht sitzender Brille. Der dritte kam Lea irgendwie bekannt vor – sein Aussehen war eines, das nicht in der Erinnerung haften blieb. Eines, an das man sich, hatte man ihn im kleinen Kreis beim Trinken kennengelernt, eine Woche später im Bus nicht mehr erinnern konnte …

»Am Ende wird sich alles klären«, unterbrach der sexistische, unpünktliche und jetzt auch noch unhöfliche Blödmann ihre Überlegungen, weswegen Lea zum zweiten Mal das Gefühl hatte, er könne ihre Gedanken lesen. »Hauptsache, wir haben uns alle zusammengefunden, und da es im Buch keine weiteren Hauptfiguren gibt, können wir jetzt zur Sache kommen.«

Lea war verwirrt. Sie verstand nicht, was ein Buch damit zu tun haben sollte … Und falls es doch etwas damit zu tun hatte, wäre es schon schön, wenn der Autor eine bessere Vorstellungskraft hätte.

»Nun ja … Dort, wo wir hinfahren, braucht man keine Koffer. Unsere Kleidung ist schon anachronistisch genug.«

»Ich denke, es ist Zeit, uns endlich zu erklären, was los ist. Euretwegen habe ich schon einige Stunden verloren«, protestierte der weißhaarige Mann, und Lea vermutete, dass erstens sie nicht die Einzige war, die den Elefanten im Nebel ritt, und zweitens die ständige Suche nach originellen Metaphern manchmal im Desaster endete.

»Wenn ihr versucht auszurechnen, wie viel Zeit ihr fürs Nichtstun verschwendet, werdet ihr nicht nur Zeit verlieren, sondern auch die Lust zu rechnen«, ergänzte der junge Mann mit dem nicht erinnerbaren Äußeren und beschloss beim Blick in die Gesichter der Zuhörer umgehend, so lange nichts mehr zu sagen, bis seine Worte bedeutungsvoller klängen als sein Schweigen.

Lea rollte den Koffer an die Wand und setzte sich aufs Sofa.

»Besser, ihr setzt euch auch. Ich brauche eventuell eine ganze Weile, um alles zu erklären.« Der Mann strich sich mit der rechten Hand fest übers Gesicht, fasste dann mit Daumen und Zeigefinger den Kinnbart, als wäre seine Hand ein Filmheld, der vom Rand einer Klippe hängt, und fing an zu erzählen: »Als ich eines Morgens aus unruhigen Träumen erwachte, fand ich heraus, dass ich eine Romanfigur war und mir über mich selbst nur drei Dinge einfielen ...«

Literarische Apokalypse

Spoiler #4: Matthäus wird zum Tode verurteilt

23.04.2017 – Es ist schwer, eine Romanfigur zu sein. Erst recht, wenn es so viele kaltblütige Autoren gibt. Sie tippen auf der Tastatur einfach grausame Dinge wie »starb«, »wurde getötet«, »wurde erstochen«, »gab den Geist auf«, tat dies, tat jenes – ihnen zittert nicht einmal die Hand. Es wird Zeit, dass auch in der Welt der Literatur ein Strafgesetzbuch eingeführt wird und bestimmte Autoren ihre angemessene Strafe bekommen: »Das Gericht befindet Gustave Flaubert für schuldig, Emma Bovary in den Selbstmord getrieben zu haben, und verurteilt ihn zu zehn Jahren Schreibblockade. Das Urteil ist endgültig, und eine Revision ist unzulässig.« Nun, wieso auch nicht?! Die Leute protestieren ja sogar dagegen, Amöben Einzeller zu nennen, denn das sei politisch inkorrekt – aber um die Rechte der Romanfiguren schert sich niemand!

30.11.2017 – Nach langer Suche hatten wir Erfolg und entdeckten Tom Sawyer und Becky Thatcher in einer Höhle. Gut, dass viele fremde Menschen da waren und keiner meine Anwesenheit bemerkte.

14.03.2018 – So viel Zeit und so wenig Bücher!

Memento Mori lebte nur im Hier und Jetzt. Nicht, weil er billige Lebensweisheiten mochte – für ihn hatten »morgen« und »gestern« einfach ihren Sinn verloren, weil es sein konnte, dass sein »Morgen« gestern angebrochen war, sein »Gestern« übermorgen, sein »Übermorgen« vorgestern und sein »Vorgestern« sogar erst in einem Jahrhundert … Kurzum, Memento Mori war ein Zeitreisender. Deshalb wachte er nie da auf, wo er die Nacht verbracht hatte, und blieb nie bis zur Abenddämmerung dort, wo er aufgewacht war. Ein einziges Mal hatte er beschlossen, bis zur Morgendämmerung in Paris zu bleiben, und dann war so ein Mord und Totschlag losgebrochen, dass er es beinahe nicht geschafft hätte zu entkommen. Nach jener Nacht wurde Google zu Memento Moris treuem Sancho Pansa, der ihn vor allen potenziellen Gefahren bewahren sollte.

> 04.04.1893 – Ich habe Herbert George Wells getroffen und ihm von der Zeitmaschine erzählt. Die Idee hat ihm gefallen, das sei eine hervorragende Idee für eine Handlung, sagte er. Genau das war auch mein Ziel. Wenn er seinen Roman nicht geschrieben hätte, hätte ich nicht in ihn gehen und die Zeitmaschine stehlen können, um nach deren Modifikation in die Vergangenheit zu reisen und H. G. Wells vorzuschlagen, einen Roman über diese Zeitmaschine zu schreiben.

»Eine Zeitreise? – Warum gerate ich nur immer an Verrückte«, wollte Lea denken, aber die Frage kam ihr ein bisschen stereotyp vor. »Solche Dinge passieren doch nur in Filmen und Büchern, oder?«

»Ich muss immer über Leute lachen, die die Figuren in ihren eigenen Filmen und Büchern sagen lassen, dass solche Dinge nur in Filmen und Büchern passieren, und ihnen damit vorgaukeln, sie wären real. In Wirklichkeit sind wir alle …«

Aber bevor Memento Mori sagen konnte, dass sie in Wirklichkeit alle Romanfiguren eines Buches seien, schnitt ihm Professor Arno das Wort ab: »Selbst wenn Ihre Aussage absolut der Wahrheit entspräche, muss, bevor Sie mit der Geschichte fortfahren, eine wichtige Frage geklärt werden – ich erinnere Sie daran, dass die Welt im Grunde von zwei Worten gesteuert wird: ›warum‹ und ›weil‹. Warum? Weil es ohne Neugier keinen Fortschritt gibt. Und weil eine Neugier, die man nicht versucht zu befriedigen, vergeblich ist. Allerdings braucht es für den Fortschritt das richtige ›Warum‹. Hätte zum Beispiel Newton statt ›Warum hat mich der Apfel getroffen?‹ ›Warum hat der Apfel ausgerechnet mich getroffen?‹ gefragt, hätten wir als Ergebnis existenziell-deterministisches Geflenne bekommen und nicht das Gravitationsgesetz …«

»Warum halten Sie jetzt diese Vorlesung?«, fragte Lea und schloss vom Gesichtsausdruck des Professors, dass das offenbar nicht das richtige ›Warum‹ war.

»Der Grund ist simpel. Bevor wir über eine Zeitreise sprechen, deren Realisierung trotz meiner tiefen Überzeugung in Zweifel steht, denke ich, jemand sollte fragen: ›Warum ausgerechnet *wir* von den fast acht Milliarden Menschen auf diesem Planeten?‹«

»Warum ausgerechnet *wir* von den fast acht Milliarden Menschen auf diesem Planeten?«, fragte Matthäus.

»Weil wir alle in Wirklichkeit …«

In Wirklichkeit hätte, wäre Memento Mori nicht in seinem Leben aufgetaucht, sein nächster Fall (»Frau mit Katze«) Matthäus zu Lea geführt. Einen Monat nach der Begegnung hätten sie einen Sohn gezeugt, welcher zehnjährig herausgefunden hätte, dass der Weihnachtsmann ein oller »Lumbersexual« ist, der an Nichtarbeitstagen die Elfen ausbeutet und sich einen Teufel um Tierrechte schert. Mit zwölf Jahren hätte er geträumt, dass Sigmund

Freud Sherlock Holmes eine Pfeife zum Geburtstag schenkte, aber nichts und niemanden erkannt außer der Pfeife. Mit achtzehn hätte er durch den Einfluss von Professor Arno den Weg in die Wissenschaft eingeschlagen, speziell in die Physik. Mit fünfzig hätte er das stärkste Sprengmaterial der Welt erfunden, dessen Großteil, wenn er fünfundsechzig gewesen wäre, während eines Experiments im Labor explodiert wäre und den ganzen Planeten ausgelöscht hätte.

> 28.10.2018 – Ich bin zwei Jahrtausende zurückgereist, habe ungefähr zehn Schmetterlinge gefangen und in unsere Zeit mitgenommen. Das Einzige, was sich änderte, war, dass die Welt nach ein paar Tagen um ungefähr zehn tote Schmetterlinge reicher war.

In Wirklichkeit ist der ganze vorherige Absatz über Lea und Matthäus gelogen. Niemand kann vorhersehen, wie sich die Geschichte geändert hätte, wenn Matthäus und Lea wirklich ein Kind bekommen hätten; Hitler ein Vampir gewesen wäre und sich statt in Eva Braun in Eva Green verliebt hätte; die John Kennedy geltende Kugel Jacqueline getroffen hätte; Giordano Bruno auf einer flachen Erde gelebt hätte; die Azteken nicht an die idiotische Legende der »weißen Götter aus dem Meer« geglaubt hätten; Kolumbus einen besseren Kompass mitgenommen hätte; Barnabas damals kein Verbrechen begangen hätte; Adam und Eva hungriger gewesen wären und statt des Apfels die Schlange gegessen hätten – und ich statt dieser langen Tirade irgendeinen simplen Satz geschrieben hätte. Zum Beispiel den:

»Weil wir alle in Wirklichkeit Romanfiguren sind!«, antwortete Memento Mori endlich.

»Warum?« Auch diesmal schoss Lea mit ihrem »Warum« am Ziel vorbei. Eigentlich meinte sie ja »Wieso?«.

»Nun, einfach so, du bist den Gedanken von jemandem entsprungen. Jemand hat beschlossen, dass du eine katzen-, gedanken- oder katzengedankenliebende Aktivistin sein solltest, damit die riesige Armee von Katzenliebhabern dir Sympathie entgegenbringt. Genauso, wie Matthäus geschaffen wurde, um pseudoschlaue Phrasen von sich zu geben, oder Professor Arno, um fünfundneunzig Wege zu suchen, in die Geschichte einzugehen … In Wirklichkeit sind wir alle ein Produkt eines Geistes und leben in einer von Millionen literarischer Welten. Auf jeden Einzelnen von uns ist ein Teil des Wissens und der Erfahrung verteilt, die der Autor entweder hat oder die er beim Schreiben des Buches erwirbt.«

»Und wer ist der Autor?« Lea hatte schon immer eine Romanfigur sein wollen, aber jetzt glaubte sie eher daran, dass Martin Luther den Teufel mit einem Tintenfass bekämpft hatte, als an das hier.

»Keine Ahnung. Irgendein selbstbewusster Dummkopf, der gerade diesen Text tippt und denkt, die Tatsache, dass er sich selbst aus meinem Munde beschimpfen lässt, würde den Leser beeindrucken und von seiner Bescheidenheit überzeugen. Er ist ein lokaler Gott, der in seiner eigenen Welt zu allem in der Lage ist, außer …«

»Außer?«, fragte Matthäus, obwohl Memento Mori seine Rede auch ohne Nachfrage fortgesetzt hätte.

»… außer literarische Genres und Trends zu umgehen. Ich versuche gleich, euch das zu erklären.«

21.11.2018 – Bis ich herausgefunden habe, wer das potenzielle Opfer des Autors ist, muss ich alle Figuren des Buches beschützen. Dafür ist die Zeitreise der ideale Weg. Zusammen mit der Zeit ändern sich Epoche, Genre sowie der aktuelle literarische Trend, und die Tötungsmethoden des Autors werden eingeschränkter. Natürlich könnte er sich Pest,

Vampire, Tuberkulose, Hunger und noch banalere Gründe einfallen lassen, doch ich glaube, dass er sein literarisches Spiel nicht aufgeben wird.

»Wenn ich Ihre Ausführungen richtig verstanden habe«, Professor Arno beschloss, alle Fäden dieser verworrenen, absurden Geschichte zu einer Schlussfolgerung zu verbinden, »kann uns für den Fall, dass wir in der Epoche des Sozialistischen Realismus auftauchen, kein grimmiger Drache verschlingen. Wenn wir aber im Märchen landen, können wir den drei Ferkeln zur Selbstverteidigung gegen den Wolf eine Pistole geben.«

»Ja, aber dafür müssten wir gleichzeitig in der Epoche der Postmoderne bleiben«, sagte Memento Mori und nickte.

»Aah!«, sagte Lea, hatte aber wenig verstanden. Fast nichts. Nichts.

11.03.2018 – Zum Frühstück wurde Feigenmarmelade zum Rosmarintee gereicht, und ich fragte mich, warum Leute sinnlose und uninteressante Fakten in ihrem Tagebuch festhalten. Ich fand keine Antwort darauf.

»Aber wenn wir wirklich Romanfiguren sind, warum müssen wir dann in der Zeit reisen? Wir könnten uns doch direkt in einem ungefährlicheren Werk verstecken!« Professor Arno verschaffte sich vor seinem geistigen Auge einen Überblick über Kinderbücher. »Zum Beispiel in Bullerbü oder Lönneberga.«

»Weil unser Ziel nicht nur die Bewahrung unseres Lebens ist. Es gibt etwas Wichtigeres als das, ich habe das bis jetzt nur noch nicht erwähnt …«

20.11.2018 – Heute ist Vater gestorben. Vielleicht auch gestern, ich weiß nicht. Wenn man in der Zeit reist, sind

»heute« und »gestern« sehr dehnbare Begriffe. Vater war Pseudowissenschaftler. Bis zum letzten Tag glaubte er, dass irgendwelche Leute Spezialagenten aus der Zukunft schicken würden, um der Geschichte die gewünschte Richtung zu geben. Unter ihnen Jules Verne, Jesus Christus, Leonardo da Vinci, Johannes Gutenberg und Mark Zuckerberg (zwei »Berge«, zwei Höhepunkte der informationstechnischen Entwicklung der Menschheit). Am Ende wollte er mich sogar von der Realität der Apokalypse überzeugen. Ich hingegen konnte ihn absolut nicht dazu bewegen, mir zu glauben, dass er kein Wissenschaftler, sondern eine normale zweitklassige Romanfigur war, die im Buch nur einmal erwähnt würde. Und das in diesem Absatz. Noch dazu mit einem allgemeinen Nomen wie »Vater«.

»Mein Hauptziel ist es, unsere literarische Welt …«

Dam! Da-da-dam!

»und unseren ganzen Planeten …«

Dam! Dam! Da!

»… vor der völligen Zerstörung zu bewahren!«

Da daaaam![20]

»Die sechshundertsechsundsechzigste Version der Apokalypse … Was gibt es Langweiligeres?!«, müsste der gelangweilte Leser jetzt normalerweise denken, aber was soll's. Solange man manchen Romanfiguren nicht mit Apokalypse kommt, rühren sie weder Kopf noch Finger. Und wenn es vier Figuren im Buch gibt, kann man kaum umhin, dem Charme der Anspielung auf die apokalyptischen Reiter zu erlie-

20 *Dam! Da-da-dam! Dam! Dam! Da! Da daaaam!* – der erbärmliche Versuch, irgendeinen kurzen Auszug aus einem emotionalen Musikstück in Worte zu fassen, was Hans Zimmer sicher wesentlich prestigeträchtiger umsetzen würde.

gen. Egal, ob statt eines Pferdes eine Zeitmaschine als Transportmittel dient. Erstens hat schon Bulgakow in seinem Romanfinale meisterlich Pferde verwendet, zweitens können wir behaupten, dass unsere Zeitmaschine vier Pferdestärken hat. Wer wird das schon nachprüfen?

22.11.2018 – Insgesamt waren es bloß drei. Ich sollte die armen Seelen nehmen und in irgendwelche ungefährlicheren Werke bringen. Auf Robinson Crusoes Insel oder zu Thoreau in die Wälder.

… Robinson Crusoes Insel??? Pah! Ein bisschen Grips reicht aus, um zu erkennen, dass der Roman dadurch eindeutig ins Langweilige abgleiten würde. Robinson Crusoe ist nun wahrlich nicht unter den zehn Büchern, die man auf eine einsame Insel mitnehmen würde. Aber welches Buch wäre das dann? Wenn ihr mich fragt – wenn man auf einer einsamen Insel strandet, wiegt ein Buch die gesamte Weltliteratur von Homer bis Margaret Atwood auf: »Schiffe bauen leicht gemacht – Praxisleitfaden für Einsteiger«.

»Welchen Sinn hat es, eine fiktive Welt zu retten?«, fragte Professor Arno traurig.

Im Laufe seines ganzen bewussten Lebens hatte er geglaubt, er sei ein ungewöhnlicher Mensch, und jetzt musste er feststellen, dass sein »ganzes bewusstes Leben« nur wenige Buchseiten einnahm.

»Für uns ist das überhaupt keine Fiktion! Wenn wir uns vom Autoritarismus des Autors befreien, können wir unsere Existenz jenseits des Einbandes fortsetzen und bekommen die Chance, in eine andere Zeit und in eine andere Geschichte zu gelangen«, erklärte Memento Mori.

Und Professor Arno war fest entschlossen, das Ende der Welt mindestens so lange zu vertagen, bis er sich passende letzte Worte ausgedacht hatte. Er konnte sich allerdings unschwer das Körperteil vorstellen, welches er auf Wunsch des Publikums lecken müsste, falls der Weltuntergang käme.

Ferne Vergangenheit – Beim Artemistempel hängte sich irgendein Typ an mich dran. Ich hatte kein Geld und schenkte ihm ein Feuerzeug. Vielleicht kann er es teuer verkaufen.

»Kurzum«, versuchte Memento Mori zusammenzufassen und merkte, dass das Wort »kurzum« den Satz nur in die Länge zog, »es ist an der Zeit, euch den Plan zu verkünden.«

24.11.2018 – Die Ereignisse rasen in Lichtgeschwindigkeit. Offenbar hat der Autor gemerkt, dass die Evakuierung der Romanfiguren die Handlung seines Buches in Gefahr bringt, und ließ mich deshalb das geheime Tagebuch meines Vaters finden. Klassisches Beispiel für eine banale Handlung, oder? Irgendwer stirbt, und in seinen Hinterlassenschaften wird etwas entdeckt, das der Erzählung eine radikale Wendung gibt.

Das Tagebuch ist dick, die Hälfte seiner vergilbten Seiten voll mit tausenderlei Formeln. Den Aufzeichnungen zufolge ist die Erde ein Versuchsprojekt, welches direkt von der Erde aus gesteuert wird. Die Koordinaten der Arbeitsräume der Wissenschaftler sind streng geheim und aus Sicherheitsgründen »an fünf verschiedenen Orten unserer literarischen Welt verteilt«. Am lustigsten ist, dass die Koordinaten der fünf Orte und die für die Suche nötigen Jahresangaben auf der letzten Seite des Tagebuchs stehen. Bäm! Ich hab es also entweder mit einem sehr dilettantischen Autor zu tun – oder einem sehr gewieften. Deshalb hoffe ich, dieses potenzielle Opfer, welches ich zu retten versuche, werde letztendlich

nicht ich selbst sein … Was du auch sein magst, du armer Tropf sollst wissen, das ist das am besten vorhersehbare Ende, welches dir je in den Sinn kommen kann. Ja, wirklich. Ich bin durch viele Krimis gereist und weiß es genau.
PS: Dem Tagebuch zufolge befindet sich der Mechanismus, der in der Popkultur »der Knopf des Tages des Jüngsten Gerichts« genannt wird also ebenfalls in unserer literarischen Welt, und wenn das Experiment misslingt … Buuuumm! Wie es aussieht, hat jemand genug Hollywood-Blockbuster gesehen, denen zufolge ich Bruce Allmächtig sein soll. Ob Wayne oder Willis, weiß ich noch nicht, denn falls ich versuche, die Welt zu retten, wird der Autor irgendeine Romanfigur töten. Und die Figur zu retten, hat im Falle des Weltuntergangs keinen Sinn.
Wir müssen die Welt also gemeinsam retten!

Dam! Dada dam! Da da da daam!

»Kommt dir das nicht wie eine Falle vor? Vorbereitete Koordinaten, eine hundertmal durchgekaute Apokalypse, das Schicksal der Welt, das von einem Menschen abhängt«, Matthäus schaltete auf Induktion, »außerdem kann der Autor mit uns machen, was er will.«

»Ganz so ist es nicht.« Memento Mori legte Daumen und Zeigefinger der rechten Hand an die rechte und linke Schläfe, bewegte sie über die geschlossenen Augen aufeinander zu, ergriff von beiden Seiten sanft den Nasenrücken und strich synchron über die Nasenflügel. »Eine Romanfigur befreit sich gleich bei ihrer Einführung aus der Macht des Autors. Mehr noch, sie wird den Autor selbst zum Gefangenen seiner Macht machen und ihn zwingen, sich ihren individuellen Charakterzügen und Bedürfnissen anzupassen … Kannst du dir einen Sherlock Holmes vorstellen, der Windmühlen für Monster hält, oder einen Don Quijote, dem ein von Sancho

Pansa angebissener Apfel ausreicht, um zu beweisen, dass Dulcinea del Toboso nicht existiert? Keineswegs! Romanfiguren sind wie Pinocchio – sie ergeben sich dem Autor bis zu dem Moment, in dem er ihre Schöpfung vollendet. Nachdem sie zum Leben erweckt worden sind, gehen sie dann ihrer eigenen Wege und unterwerfen die Autoren ihren eigenen Wünschen.

> 23.11.2018 – Bevor ich die Romanfiguren kennenlerne, muss ich noch die Zeitmaschine perfektionieren. Der Wells-Mechanismus ist ziemlich groß und schafft es nicht in die Vergangenheit. Deshalb werde ich erst in Teslas Biografie reisen und den Wissenschaftler bitten, den Apparat entsprechend umzurüsten. Dann werde ich Heinleins Bücher durchgehen und versuchen, ein maximal minimalistisches Design zu kreieren. Das wird mich wahrscheinlich viel Zeit kosten, aber das macht nichts, denn das Buch hat ja gerade erst begonnen, und es ist relativ unwahrscheinlich, dass jemand Wichtiges stirbt. Mein Vater ist tot, und das reicht.

Optisch hatte Memento Moris Zeitmaschine mehr mit Zeit gemeinsam als mit einer Maschine. Sie war ein bisschen größer als eine Armbanduhr und hatte zwei Anzeigen – »Datum« und »Koordinaten«. Beim Design hatte er sich an jenem Romanomobil orientiert, das er benutzte, um durch die Bücher zu reisen, er trug es am rechten Handgelenk. Auch dieses hatte zwei Anzeigen – »Autor« und »Titel«.

»Ich glaube dir!«, sagte Lea plötzlich und klang wie eine Figur aus den Kitschromanen, die Titel haben wie »Leilas Verdacht«, »Liebe bis zum Himmel« oder »Lohn der Engelhaftigkeit«.

»Und wieso sprichst du unsere Sprache?« Diese Frage hatte Matthäus seit der Buchseite gequält, auf der er Memento Mori erstmalig begegnet war.

> 17.08.1985 – Aus einem von Vonneguts Büchern habe ich den Universal-Übersetzungscomputer »Mandarax« mitgenommen. Er übersetzt aus allen Sprachen in meine und umgekehrt. Falls Gott mich mal wütend macht, werde ich ihn in Serie produzieren und in Babylon verhökern.

»Ah!«, lächelte Memento Mori und merkte gleich, dass ein Lächeln mit einem »Ah« eine recht zweideutige Antwort war. »In Wirklichkeit sprechen wir alle in unserer eigenen Sprache, und der ›Mandarax‹ übersetzt es simultan. Es ist ein Spezialapparat, den ich in einem von Vonneguts Romanen entdeckt habe.«

»So was nennt sich Diebstahl!«

»Ach was. Nicht Diebstahl, sondern Intertextualität[21].«

»Was ist denn Intertaxualität?«, fragte Lea nach.

»...textualität, meine Liebe«, seufzte Memento Mori, »nichts von Belang. Wenn Achilles in ›Troja‹ Englisch spricht, wundert ihr euch nicht, und hier kommt ihr mir mit linguistischem Skeptizismus? Wir befinden uns schließlich in der Postmoderne!«

»Rechtfertigen Sie nicht alles mit der Postmoderne!«, gab sich Professor Arno kämpferisch und dachte, dass »O Gott, vergib Ihnen Postmodernes, denn sie wissen nicht, was sie tun« möglicherweise effektvolle berühmte letzte Worte sein könnten.

---

21 *Intertextualität* – in ein schlaues Wort gehülltes Plagiat, inhaltliche Übertragung auf andere Werke

Während Professor Arno nachdachte, nutzte Memento Mori die Zeit und kopierte die im Tagebuch seines Vaters vermerkten Koordinaten – Br. 51°30′29.7′′N L. 0°05′49.9′′W + 01.11.1605 – in die entsprechenden Eingabefelder der Zeitmaschine. Er drückte den Knopf, und alles geriet durcheinander. Aus dem Zimmer verschwand der Koffer. Der Tisch. Die Katze. Das Amelia-Earhart-Poster. Der Stuhl. Und die kleine verängstigte Maus darunter.

»   passiert?«, fragte Matthäus verwirrt.

»Die Wörter   «, erklärte   Mori.

»Was bedeutet ›die Wörter‹   ?«

»Der Autor will nicht,   uns erklären – lasst   schnellstens gehen, bevor   spät ist.«

»Was sollen   ?«

»Fasst euch an den   «,   Memento   letzter Energie, »und zählt rückwärts von drei.«

»Drei   eins.«

»Fuck Postmod   «, fluchte   , und alles war erleuchtet.

Ein kurzer Überblick über den Planeten Kyliejenn

»Stellt euch einen fürs Weihnachtsfest geschmückten riesigen, aber unsichtbaren Tannenbaum vor. Das ist der Kosmos. Jetzt stellt euch eine Ameise auf einer der Baumkugeln vor. Das ist der Mount Everest – erstens, weil die Größenverhältnisse vergleichbar sind, und zweitens hat man lange genug Ameisen nur mit Menschen verglichen, und damit sollte endlich Schluss sein.« – Doku »Eine Milliarde Meter über dem Himmel«

»Der Mensch ist von Natur aus Skeptiker. Er tut sich schwer damit, an die Existenz von Wundern auf einem Planeten zu glauben, der sich seit Millionen von Jahren in unendlicher Leere dreht.« – Kyliejenner Erkenntnis

Verratet niemandem, was ich euch jetzt sage, denn es wird euch sowieso niemand glauben. Selbst ich würde es nicht glauben, wenn mir jemand sagen würde, dass wir in einer simulierten Welt leben und die gesamte Geschichte bereits geschrieben ist. Möglicherweise hat diese Theorie durch Filme und Bücher ihre Relevanz verloren (oder ist überholt wie jene Verschwörungstheorie, die Amerikaner hätten eine große Attrappe vom Mond gemacht statt einen großen Schritt für die Menschheit), aber man kann die Wahrheit nicht verschweigen, nur weil diese Wahrheit schon mehrmals in der einen oder anderen Form gesagt worden ist.

Lasst uns folgende Hypothese aufstellen: »Die Menschheit ist dem Untergang geweiht, und egal, wie sich ihre Geschichte entwickelt, wird sie letztlich trotzdem im völligem Kollaps enden.« Diese Ansicht hat natürlich ihre Daseinsberechtigung, aber für deren Widerlegung oder Untermauerung reicht es nicht, die menschliche Rasse ein einziges Mal auszurotten, und zwar aus diesem simplen Grund: Was, wenn diese Katastrophe reiner Zufall ist? Würde vielleicht im Falle einer alternativen Entwicklung der Geschichte alles ganz anders kommen?

Und genau hier kommt Kyliejenn ins Spiel – ein mit Wissenschaftlern besiedelter winziger Planet im Sonnensystem. Es ist der Traum der kyliejenner Wissenschaftler, die perfekte Entwicklungskette historischer Ereignisse zu finden, in der sich die Menschheit ihrer Selbstzerstörung nicht fügt. Mithilfe dieser neu ausgearbeiteten, perfekten Vorlage können sie auf anderen Planeten des Sonnensystems Leben einführen. Zu diesem Zweck erschaffen die kyliejenner Wissenschaftler die Erde nach jeder Zerstörung neu und starten unter Evaluierung der Ursachen der vorherigen Apokalypse einen neuen, viele Jahrmillionen langen Entwicklungszyklus (für uns vergehen von einer Zerstörung zur nächsten viele Jahrmillionen, in den Parametern ihrer Zeitrechnung jedoch nur maximal ein halbes Jahr). Um eine alternative Entwicklung der Geschichte anzuregen, wird die Erde außerdem zu bestimmten Schlüsselzeitpunkten von einfachen Kyliejennern frequentiert, die bei uns zum Beispiel unter den Namen Gutenberg, Christus, Einstein und Fleming bekannt sind. Kyliejenner sind leicht erkennbar. Sie werden oft als »Genies« und »göttliche Wesen« bezeichnet. Übrigens lässt sich die ungleiche Verteilung von Genies und gewöhnlichen Menschen auf unserem Planeten nicht damit erklären, dass Gott seine Gaben nur seinen Auserwählten zuteilwerden lässt, sondern damit, dass die Mehrheit der Kyliejenner die Erde für touristische Zwecke besucht. Es sind aber mehrere Fälle belegt, in denen sie hierblieben. Ein kyliejenner Model soll sogar versucht haben, ihre eigenen Modetrends auf der Erde zu etablieren, und es heißt, sie sei gar nicht mal erfolglos gewesen.

Vom Äußeren her gleichen die Kyliejenner normalen Leuten, denn sie haben die Menschen im Labor nach ihrem eigenen Vorbild geschaffen. Die Mehrheit der Männer trägt einen langen, dünnen, nach oben gezwirbelten Schnurrbart, die Frauen sind verrückt nach Naturwissenschaften. Unter deren Anleitung läuft auch das Experiment, in dessen Rahmen die Erde schon mehrmals zerstört wurde: einmal, als Kennedy gerettet wurde; dann noch einmal, als Mussolini die Möglichkeit bekam, den Krieg zu gewinnen; dann, als Zuckerberg zum Präsidenten gewählt wurde; und noch einmal als Nachwirkung der Marseroberung durch Elon Musk (einen der prominentesten Kyliejenner aller Zeiten). Derzeit läuft die siebte Phase des Experiments. In dieser Version der Entwicklung der Menschheitsgeschichte wird Ludwig XIV. geköpft, Martin Luther King erster afroamerikanischer Präsident der USA, der Rastafarianismus die populärste Religion, und die Japaner erforschen die Aufzeichnung von Träumen im Videoformat.

Zur Überwachung des Experiments haben die kyliejenner Wissenschaftler spezielle Geheimbasen auf der Erde errichtet. Nur wenige Wissenschaftler wissen, wo diese sich befinden. Und auch das nur teilweise.

Der einzige Kyliejenner, der in seinem Tagebuch alle Vorgänge lückenlos dokumentiert hatte, war eines Tages verschwunden – und weder die von ihm aufgezeichneten noch seine eigenen Koordinaten wurden gefunden. Manche Kyliejenner glauben, eine irdische Frau habe bei der Sache ihre Hand im Spiel gehabt, andere geben freimütig zu, es sei nicht nur ihre Hand gewesen.

Am wichtigsten ist, dass auf demselben Gebiet auch der »Knopf des Tages des Jüngsten Gerichts« aufbewahrt wird. Die

Kyliejenner nennen ihn »Pandoras Fernbedienung« und nutzen ihn zur Neuerschaffung der Erde, wenn die Lage auf dem Planeten außer Kontrolle gerät. Der Knopf löst wahlweise Sintflut, Atomexplosion, große Eiszeit, Asteroidenregen, Verlust der Gravitationskraft, Pest, Donald Trump, globale Erwärmung oder einen Aufstand der Roboter aus.

Das wirft natürlich eine berechtigte Frage auf: Wenn Kyliejenner so fortschrittlich sind, dass sie schon Teleportation und Zeitreise beherrschen, Telekinese meistern, auf dem Wasser gehen, ohne Hilfsmittel fliegen, ihr Äußeres verändern, komplizierteste Experimente durchführen können, sich nicht am Schmatzen beim Essen stören – wie kann es dann sein, dass sie alle über sie existierenden Informationen einem nicht gerade populären Autor aus einem kleinen Land auf einem simulierten Planeten in die Hände fallen und von ihm verbreiten lassen? Eine interessante Frage, danke sehr! Doch wenn die Welt vom Untergang bedroht ist und von einer Minute auf die andere zerstört werden könnte, ist wirklich nicht der richtige Zeitpunkt, auf verschwörungstheoretische Betrachtungen einzugehen. Wenn man den Leuten zuhört, behaupten die möglicherweise sogar, dass alles nur Gefasel sei und Kyliejenn gar nicht existiert … Hm! Nun, wir brauchen nicht den Skeptikern zu vertrauen, oder wie ein altes kyliejenner Sprichwort sagt: »Glaub niemals denen, die dir vorschreiben wollen, was du niemals glauben sollst!«

Reise durch die Zeit und die Genres

Rosencrantz und Guildenstern sind in einem anderen Theaterstück

(Theaterstück in drei Akten)

Mitwirkende:
Memento Mori – Reisender in der Zeit und den Genres
Matthäus – Pseudodetektiv
Arno – Archäologie-Professor
Lea – Aktivistin
William Shakespeare – Dramatiker, Schriftsteller
Miguel de Cervantes – Schriftsteller, Dramatiker
Company – Shakespeares Assistent
Mr und Mrs Martin – Herr und Frau Martin
****Spoiler*** und ***Spoiler****
zwielichtige Männer }
Lady Macbeth }
König } *und andere*
Hexen }
Passant }
Beleuchter }
Rosencrantz und Guildenstern – s. o.

Erster Akt
Szene I

(Globe Theatre. Im Hintergrund der Bühne ist eine zweite Bühne zu sehen, quasi eine Aufführung in der Aufführung. Namentlich »Macbeth«. Eine Menschenmenge hat sich aufgeregt darum versammelt. Darunter Memento Mori, Lea, Arno und Matthäus.)

Memento Mori (fährt mit seiner Rede fort): … Unser Raum ist eine einfache Mini-Kopie jener Welt, in der ein Buch über uns geschrieben wird. Selbst wenn hier alles zerstört ist, kann das der Hauptwelt nichts anhaben. Die Menschen, gefangen in jener tiefen, aber aus meiner Sicht ein bisschen zweifelhaften Überzeugung, auf ihrer winzigen Erde, deren Schicksal in der Luft hängt, werde es niemals eine Apokalypse geben, werden einfach das Buch zuklappen und Eis essen gehen oder …

Lea (nach einer besseren Variante suchend): … oder sie schreiben dem Autor, dass ein Happy End immer noch besser ist als so ein Quatsch.

Memento Mori: Allerdings. Und deshalb müssen wir dem Ganzen ein Ende machen. Andernfalls werden weder wir existieren noch dieser Passant hier.

(Passant geht vorbei und verlässt die Bühne unwissend ob der riesigen potenziellen Gefahr, die ihm durch sein Auftauchen in dieser Zeile drohte.)

Professor Arno: Eine Frage noch. Müssten wir zu Shakespeares Zeiten nicht normalerweise gehobener sprechen? Insbesondere altbackene archaische Worte benutzen und uns in poetischer geistreicher Sprache unterhalten? Oder haben Genrewechsel keinen Einfluss auf unsere Lexik?

Memento Mori (räuspert sich und nimmt demonstrativ eine poetische Pose ein): O, vergib mir, Professor, der vergangenen Zeiten, / ich wünsche Euch zu enthüllen die geheimen Gedanken, welche mir auf der Seele liegen, / nutzlos ist jedwede. Vergeblich seid Ihr in Aufruhr. / Was Euch beliebt, das sprecht. Der Autor wird ohnehin nach seiner Fasson schreiben.

Professor Arno (versucht einzustimmen): Wohlan, so sei es! Was geschehen soll, soll geschehen!

Matthäus: Sind wir nun wirklich im siebzehnten Jahrhundert, oder ist das genauso ausgedacht wie wir?

Memento Mori: Es ist das siebzehnte Jahrhundert, allerdings erschaffen auf Basis des Autorwissens. Das heißt, wenn der Autor ein Faulpelz ist und keine Lust hatte, sich hinreichend über die Epoche zu informieren, sind Irrtümer nicht ausgeschlossen. Zum Beispiel müssen wir möglicherweise nur deshalb vor der Bühne stehen, weil es seiner Auffassung nach bei den Aufführungen im Globe Theatre überhaupt keine Sitzplätze gab. Obwohl er, wenn er sich schon das Recht herausnimmt, ein Buch zu schreiben, wahrscheinlich nicht so dumm ist, an die Existenz von Dämonen und Werwölfen in dieser Zeit zu glauben und uns dadurch in Gefahr zu bringen *(er bemerkt drei Hexen auf der Bühne)*. Ähm … jedenfalls zumindest im echten Leben …

(Die Vorstellung geht weiter, während sich zwei Männer unter die Zuschauer mischen.)

Erster Mann: Nun, heute werden wir von dieser Bühne das Urteil der Geschworenen hören, denn genau dafür wurde dieses Stück geschrieben.

Zweiter Mann: Ich erwarte ein für die Menschen vorteilhaftes Urteil. Man muss das Nest verbrennen, solange sich die Schlange darin befindet.

Erster zwielichtiger Mann: Das, denke ich, wird niemand bestreiten. Wenn man die Chance bekommt, sollte man den anderen lieber mit dem ersten Zug schachmatt setzen.

Zweiter zwielichtiger Mann: Pssst! Sei vorsichtig ... Wenn mich jedoch nach ihrem Blut dürstet, haben die Wände hundert statt zehn Ohren.

Erster, jetzt noch zwielichtigerer Mann: Es gibt nichts Verdächtigeres, als »Sei vorsichtig!« zu flüstern.

Lea (stößt Memento Mori mit dem Ellbogen an): Hörst du das? Warum benutzen sie öffentlich eine solch zwielichtige und gleichzeitig poetische Metapher?

Memento Mori: In Wirklichkeit ist das deren Geheimsprache. Wir verstehen sie nur, weil wir den Mandarax haben. Die poetische Form kommt von der Einstellung »Shakespeare-Modus«.

Lea: Planen die was Wichtiges?

Memento Mori: Ach, nur eine kleine Explosion unter dem Parlament.

Lea (erstaunt): Und du tust nichts dagegen? Ich an deiner Stelle ...

Memento Mori (unterbricht sie): ... würde noch einmal ins Geschichtsbuch schauen.[22]

Professor Arno: In Wirklichkeit lehrt uns die Geschichte nur, dass wir aus der Geschichte nichts lernen.

Memento Mori: Diesen Spruch habe ich in irgendeinem Buch schon mal gehört.

Professor Arno (gibt nicht auf): Was deutlich belegt, dass sich die Geschichte oft wiederholt.

---

22 *... würde noch einmal ins Geschichtsbuch schauen* – Memento Mori spielt hier offen ironisch auf die Episode in der Geschichte Britanniens an, als sich der gegen König, Adel und Parlament gerichtete Sprengstoffanschlag auch ohne sein – Memento Moris – Einschreiten als erfolglos erwies.

(Lady Macbeth tötet den König.)

Erster, mittlerweile sehr verdächtiger Mann: Oh, endlich! Vielleicht ist das der Weg zum Galgen, aber noch nie hatte ich solch einen Drang, Schießpulver zu entzünden!

Zweiter, mittlerweile sehr verdächtiger Mann: Sei vorsichtig, Guido! Jemand denkt, dass dein Kopf leer ist, beschwert aber trotzdem dein Genick!

(Beide gehen schleichend ab.)

Professor Arno: Ich denke, ein Plan könnte jetzt nicht schaden, denn wir sind doch, meiner tiefen Überzeugung nach, nicht vierhundert Jahre zurückgereist, nur um »Macbeth«[23] anzuschauen.

Memento Mori: Wir brauchen keinen Plan. Meiner Meinung nach ist Shakespeare einer von den Kyliejennern, deshalb müsste er den ersten Teil der Koordinaten am besten kennen. Hauptsache, wir gelangen hinter die Kulissen.

Lea: Was hat das jetzt mit Kylie Jenner zu tun?

Memento Mori: Das ist eine lange Geschichte. War vor ein paar Seiten Thema … Wenn andere Figuren sprechen, erzähle ich sie dir. Der Leser ist nämlich nicht besonders erpicht darauf, ein und dieselbe Geschichte zweimal zu lesen, denke ich.

Professor Arno (kehrt zum Thema zurück): Und glaubt ihr etwa, dass Shakespeare irgendwelchen Leuten, denen er zum ersten Mal begegnet, sein Herz ausschüttet? Genauer gesagt, vier Leuten, denen er zum ersten Mal begegnet?

---

23 Die Premiere von »Macbeth« fand tatsächlich im November 1605 statt. In historischen Quellen ist einzig und allein nur deshalb 1606 angegeben, weil Shakespeare stur darauf beharrte (Vincent Degas, Die Sturheit der berüchtigten Kyliejenner, Kyliejenn Publishing, S. 106).

Memento Mori: Wenn er meine Theorie hört, wird er gezwungen sein, es auszuschütten.

Matthäus: Vielleicht hättest du diese Theorie erst mal uns darlegen sollen.

Memento Mori: Versuch gar nicht erst, die Intrige der zweiten Szene zu spoilern.

Matthäus: Dann lasst uns doch gleich zur zweiten Szene übergehen.

Memento Mori: Das hab nun wirklich nicht ich zu entscheiden.

Matthäus: Und wer dann?

Szene II

(Kulissen des Globe Theatre. Shakespeare and Company. Shakespeare sitzt am Tisch und modelliert Schädel aus geschmolzenem Kerzenwachs. An der Wand hängen ein Gewehr und einige Plakate, deren Aufschriften ich im Kerzenlicht nicht gut erkennen kann.)

Company: Draußen sind Leute. Seltsam gekleidete. Sie verlangen nach Euch.

Shakespeare: Von all dem müd', so müde, dass ich den Gedanken an eine Metapher über diese Müdigkeit verabscheue.

Company: Sie wollen sich nicht eher vom Fleck rühren, bis sie Euch erblickt haben. Wie man mir berichtet hat, begehren sie, dass Ihr etwas über das Parlament sagt.

Shakespeare (ein wenig verwirrt): Lass sie eintreten!

Company: Wie es Euch gefällt.

Szene III

(Shakespeare rennt in den Kulissen auf und ab. Es treten ein: Lea, Memento Mori, Professor Arno und Matthäus.)

Shakespeare (versucht seine Verwirrung zu verbergen): Was ist los? Was ist geschehen?

Memento Mori (fest entschlossen): Buenos dias, Miguel!

Shakespeare (noch verwirrter): Nennt mich William.

Memento Mori: Keine Angst. Wir sind aus der Zukunft, und keiner wird es herausfinden, wenn …

Shakespeare (unterbricht ihn bedrückt): Das heißt, in der Zukunft wird man es also herausfinden?

Professor Arno: Was herausfinden?

Memento Mori (mit Sherlock Holmes'schem Stolz): Dass Shakespeare in Wirklichkeit nicht existiert. Oder eher – Cervantes nicht existiert.

Shakespeare: Genau so ist es! Es ist sinnlos vorzutäuschen, ich sei aus dem siebzehnten Jahrhundert. Wenn man aus dem hochentwickelten Kyliejenn in dieses Zeitalter verbannt wird und nichts zur Unterhaltung findet, dreht man durch. Außerdem ist aus Versehen ein Teleportationsapparat mitgeschickt worden … Hab ich mitgebracht … Wie es aussieht … Und ich dachte mir, es würde mich nicht stören, wenn der Kummer verschwände. In diesem Jahrhundert ist es doch dermaßen einfach, in zwei Ländern gleichzeitig zu leben, ohne dass jemand was merkt. Nicht mal Fernsehen gibt es. Auch keine Fotografie. Wenn einen das Hin- und Herwechseln ermüdet, kann man in Spanien behaupten, man habe ein paar Jahre als Kriegsgefangener im Kerker gesessen, in Britannien begründet man die Abwesenheit damit, man habe sich einer Wanderschauspieltruppe angeschlossen. Einzig, wenn einigermaßen realistische Gemälde überliefert werden, sollte die keiner sehen. Am Ende macht man sich in beiden Ländern einen Namen. Zwei Genies aus derselben Epoche, und das Ego ist glücklich. Das Problem besteht nur darin, dass man nicht zweimal sterben kann, deshalb muss ich die Umstände eines meiner Tode für die Geschichte verschleiern. Oder ich mache es einfach so: Wenn Shakespeare stirbt, stirbt auch Cervantes.[24]

Memento Mori: Ein exzellenter Plan. Allerdings sind wir eher wegen der Koordinaten hier.

Shakespeare (setzt sein gewohntes Shakespeare-Sein shakespearemäßig fort): Das hab ich gemerkt. Jedoch vermag ich nicht zu helfen. Ich habe deren Sicherheit meinem Freund Guido anvertraut.

Memento Mori: Und?

Shakespeare: Guido sagte mir, das Versteck sei sicher. Am Rand des Dorfweges steht ein einsamer Baum, und zwei Menschen lassen ihn nicht aus den Augen.

Matthäus: Uns interessiert nicht die Sicherheit der Koordinaten, sondern uns interessieren die Koordinaten selbst.

Shakespeare: Moment mal! Also wurdet ihr nicht von *denen* geschickt?

Lea: Ich bin eine starke und unabhängige Frau! Ich gebe keinem das Recht, mich irgendwohin zu schicken!

---

24 Die Behauptungt, dass Shakespeare und Cervantes am gleichen Tag gestorben sind, ist falsch. Zwar ist das Sterbedatum tatsächlich der 23. April, William de Shakespeare Cervantes profitierte aber bloß davon, dass Spanien die gregorianische Version des Kalenders verwendete. Deshalb täuschte er erst in Spanien am 23. April 1616 seinen Tod vor (er begrub einen völlig anderen Menschen so, dass es Jahrhunderte dauerte, um diesen zu entdecken) und verkürzte dann, genau zehn Tage später, mithilfe von hochwirksamem Gift am 23. April 1616 julianischer Zeitrechnung selbst sein Leben (Kyliejenn und die Erde – Verbindungen, Geheimnisse und Geschichte, Band 5, S. 88).

Shakespeare: Mist! Mist! *(Er schließt die Augen. Auf seinem Gesicht zeigt sich Bedauern. Er schüttelt sehr langsam den Kopf.)* Bitte entschuldigt, aber lebendig können wir euch nun nicht mehr gehen lassen. Company!

Szene IV

(Company und die anderen)

Company (hereinstürzend): Ich vernahm viel Lärm!

Shakespeare: Um nichts! Nur ein Sturm im Wasserglas. Ergreif Er das Gewehr und überantworte Er alle vier dem Hades!

Company: Oh, was für ein göttlicher Vers! Sagt mir es diesmal nur so, dass ich es auch verstehe.

Shakespeare (aufbrausend): Nimm das Gewehr und knall alle vier ab, hab ich gesagt. Idiot!

Company: Aber das Gewehr an der Wand soll doch erst im letzten Akt abgefeuert werden!

Shakespeare: Wenn Er sie tötet, wird das hier zum letzten Akt! O Gott, womit hab ich das verdient …

(Company geht unterwürfig zum Gewehr.)

Memento Mori: Moment … *(Company hält inne.)* Dich hab ich nicht gemeint, geh weiter! *(Company geht weiter.)* Diese Szene gleitet schon ins große Absurde ab! Entweder hat der Autor keinen Schimmer, wann Tschechow gelebt hat, oder das ist nicht das reelle siebzehnte Jahrhundert und alles Fiktion.

Professor Arno: Wenn man umgebracht wird, ist es egal, in welchem Jahrhundert, glaube ich! O, was für ein Archäologe stirbt mit mir …

Matthäus: Und ein nicht minder großer Plagiator!

(Company nimmt das Gewehr von der Wand.)

Memento Mori: Wie es scheint, sind wir in jemands Theaterstück, in dem Shakespeare eine einfache Figur und keine historische Persönlichkeit ist. Dementsprechend können wir in ein anderes Stück flüchten. *(Er gibt schnell die Daten in das Romanomobil ein.)* Macht euch bereit!

Shakespeare: Feuer frei!!! *(Aus dem Gewehr schießen pfeilschnell Blumen heraus.)*

Memento Mori: Ich schaffe es nicht mehr, bis drei zu zählen, deshalb müssen wir unmittelbar hinübergehen.

Matthäus: Du hast es immerhin geschafft, einen so langen Satz auszusprechen, und ich konnte sogar einen noch längeren dranhängen. Na ja, egal … *(Sie fassen einander an den Händen und verschwinden.)*

Zweiter Akt

Szene I

(Avantgardistisches englisches Interieur. In der Mitte des Zimmers ist ein kostbarer Tisch zu sehen, der von einem armen Tischler aus einem gefällten Baum aus dem Sherwood Forest gefertigt wurde. Es ist Mittagszeit. Auf dem Tisch steht ein Aquarium. Im Aquarium schwimmen vier mittelgroße Fische, auf seinem Boden liegen geschälte Kartoffeln. An der Wand hängt eine Fotomontage – Little John vor dem Hintergrund des Big Ben. Daneben steht eine Büste der kahlen Montserrat Caballé. Mr und Mrs Martin sitzen am Tisch.)

Mr Martin: Eins hab ich überhaupt nicht verstanden. Warum gibt's in unseren Theaterstücken keine total sinnlosen Dialoge?

(Mrs Martin taucht einen Löffel ins Aquarium, schöpft Wasser heraus, pustet kräftig und schlürft es laut in sich hinein.)

Mr Martin (fährt fort): Es kommt mir ziemlich falsch vor, dass die Handlung genau dann auf die Figuren schwenkt, wenn sie etwas Kluges sagen. Wenn das Stück aber das wahre Leben widerspiegeln soll, dann sollten sinnloses Geschwätz, taktlose Sätze, alltägliche Geschichten und Gelaber darin überwiegen.

Mrs Martin (schenkt seinen Sorgen keine Beachtung): Wie geht's deinem Neffen Johnny?

Mr Martin: Johnny? Exzellent. Vor drei Jahren hat er ein Kind bekommen.

Mrs Martin: Oh, eine tolle Neuigkeit! War die Geburt problemlos?

Mr Martin: Kann ich nicht sagen. Fast das ganze Personal hat sich gegen ihn gestellt. Es hieß, was hat ein Mann bei einer Geburt zu suchen, aber er ist ja ein Prinzipienreiter, wenn der sich was in den Kopf gesetzt hat, du weißt ja …

Mrs Martin: Ja. Ich kann mich erinnern, bei den vorherigen sieben Kindern hatte er es mit dermaßen anmaßenden Ärzten zu tun … *(Pause)* Also, mein Schatz, ich glaube, wir sollten auch über ein Kind nachdenken!

Mr Martin (verwirrt): Jetzt? Gleich hier? Vor so vielen Leuten?

Mrs Martin: Klar. Was ist schon dabei.

Mr Martin: Okay.

(Sie schließen die Augen und beginnen nachzudenken.)

Mrs Martin: Nun ja, solange wir nicht genug Geld haben, denke ich, bringt das Nachdenken nichts.

Mr Martin: Geld macht nicht glücklich, mein Schatz. Glück beschert einem nur ein kurzzeitiges Glücksgefühl … Also, zum Beispiel dann, wenn man mehrere Millionen im Lotto gewinnt!

(Plötzlich klopft es an der Tür.)

Mr Martin: Wer ist da?

Memento Mori: Etgar Keret. *(Er lacht als Einziger.)*

Mr Martin: Etgar wer? Nee, dieser Witz hat nicht funktioniert. Lass uns noch mal von vorn anfangen. Klopft an, mein Freund.

(Diesmal klopft Professor Arno an.)

Mr Martin: Wer ist da?

Professor Arno: Der Professor.

Mrs Martin: Professor wer?

Mr Martin: Das hat auch nicht geklappt … Habt ihr nicht jemanden mit ein bisschen anderer wissenschaftlicher Qualifikation?[25]

Memento Mori (gelangweilt von diesem Trallala): Ein Mörder ist hinter uns her, vielleicht könnten Sie uns hereinlassen?

Mr Martin: Dann spielen wir doch erst mal das Sphinx-Spiel. Wenn ihr das Rätsel löst, lassen wir euch ein.

Mrs Martin: Ich liebe das Sphinx-Spiel!

Mr Martin: Nun, wisst ihr, wie man sich mit einer Frau versöhnt, die einem den Rücken gekehrt hat?

Matthäus (ohne nachzudenken): Man muss ihr Komplimente für ihren schönen Rücken machen!

Lea (hinter der Tür): Das ist doch sexistisch!

Mrs Martin (hat das Stehen an der Tür satt und öffnet die Tür): Was für ein Zufall! Just in diesem Augenblick habe ich an Sie gedacht.

Memento Mori: Wir kennen uns doch aber gar nicht.

Mrs Martin (reicht ihm die Hand): Mrs Martin.

Memento Mori (ergreift die Hand): Memento Mori.

Mrs Martin: Freut mich, Sie kennenzulernen. Just in diesem Augenblick habe ich an Sie gedacht.

Lea: Setzen Sie das doch bitte drinnen fort. Irgendein bewaffneter Irrer wird jeden Moment hier sein.

Mrs Martin: Bitte treten Sie ein! Ich hab wirklich keine Lust, Blut im Saal aufzuwischen!

(Sie gehen hinein. Mrs Martin schließt die Tür und setzt sich in den Sessel.)

---

25 *… jemanden mit ein bisschen anderer wissenschaftlicher Qualifikation* – zum Beispiel einen Doktor.

Mrs Martin: Nehmen Sie doch Platz!

(Auf der Bühne gibt es nur zwei Sessel. In einem sitzt Mr Martin, im zweiten Mrs Martin.)

Memento Mori: Danke, nicht nötig. Wir haben Sie ja schon ungefragt beim Theaterstück aufgehalten. Ein Rätsel lösen wir noch, und dann lassen wir Sie unverzüglich allein.

Mr Martin: Schade. Menschen können es zwar nie ohne einander aushalten, denken aber ständig über Trennung nach.

Mrs Martin: Wie weise du bist, mein Schatz! Wahrscheinlich weißt du auch, warum Gott zwar nicht zu faul war, die Erde in sechs Tagen zu erschaffen, aber bis heute zu faul ist, sich zu rasieren.

(Mr Martin verfällt ins Grübeln.)

Matthäus (stolz): Rätsel sind mein Spezialgebiet. Was suchen wir?

Memento Mori: Einen einzeln stehenden Baum am Wegrand, der von zwei Leuten bewacht wird, die auf irgendeinen Guido warten.

Matthäus: Ähm … Also, ich hab durchaus auch noch andere Spezialgebiete.

Professor Arno: Vielleicht hat Shakespeare mit Guido exakt jenen Guido Fawkes gemeint, den man bald für das versuchte Bombenattentat auf das Parlament einsperren und zum Tode verurteilen wird.

Memento Mori: Und weil er der Einzige ist, der zum Hüter der Koordinaten Kontakt hatte, werden diese Hüter nichts über Guido herausfinden.

Professor Arno: Ich glaube, ich verstehe, was Sie meinen, aber »Guido« ist trotz der Ähnlichkeit ein anderer Name.

Memento Mori: Wie es aussieht, hatten Sie noch nicht oft mit Briten zu tun. In jener Nacht, als ich Captain Grant gerettet habe, hat er sich maßlos betrunken und mit mir geredet. Damals hatte ich den Mandarax noch nicht, und das Einzige, was ich verstand, war: »Do you understand me?« Und das auch nur, weil er das nach jedem dritten Satz sagte …

Professor Arno: Dann müssen wir es versuchen. Jedenfalls passt alles andere.

(Plötzlich klopft es an der Tür.)

Mr Martin: Wer ist da?

Company: Company!

Mr Martin: Company wer? So ein Quatsch! Heute klopfen irgendwie viele Leute mit sinnlosen Namen bei uns an.

Mrs Martin: Haben Sie etwa ein Gewehr?

Company: Jawohl. Ein riesiges!

Mrs Martin: Wir auch. Wir brauchen keins. Bieten Sie es jemand anderem an.

Mr Martin: Moment, vielleicht kann er es beim Sphinx-Spiel abfeuern. Er soll uns sagen, warum George Seurat, der Vater des Pointillismus, niemals geheiratet hat.

Mrs Martin: Also, antworten Sie, warum hat George Seurat, der Vater des Pointillismus, niemals geheiratet?

Company: Weil er sich nie wirklich verliebt hat?

Mr Martin (verärgert): Hätten Sie vielleicht eine noch banalere Antwort parat?! Zum Beispiel: »Ich weiß es nicht«? George Seurat, der Vater des Pointillismus, mein Guter, hat niemals geheiratet, weil er einfach Schlusspunkte hinter seine Beziehungen hätte setzen können. Merken Sie sich das!

Company: Machen Sie auf, und ich werde es mir merken!

Mr Martin: Ob er weiß, warum sich van Gogh das Ohr abgeschnitten hat?

Mrs Martin: Wissen Sie, warum sich van …

Company: Hören Sie doch mal mit dem Nachplappern auf. Er hat es abgeschnitten und nicht ich, woher soll ich das also wissen? Wahrscheinlich hat es ihm wehgetan, deshalb.

Mr Martin (ironisch): Und Ludwig XVI. hat wohl der Kopf wehgetan, stimmt's?

Company (desinteressiert): Nun, warum hat er es sich dann abgeschnitten?

Mrs Martin (kokett): Weil er sich leichter fühlen wollte?

Mr Martin: Ich hab immer an dich geglaubt, Schatz!

Mrs Martin: Hm! Als ich damals von dem nackten Mann behauptete, er sei ein Aktmodell, war es mit deinem Glauben nicht weit her!

Mr Martin: Tjaaa … Ich konnte auch nirgendwo Aquarellfarbe entdecken, mein Unschuldslamm!

Matthäus (zu sich selbst): Der Fall ist über alle Maßen kompliziert, Watson! Ich glaube, es ist Zeit zu gehen.

Mr Martin: Geht. Ich habe es sowieso satt, mit diesem Mädchen zu reden.

Lea: In den letzten fünf Minuten habe ich kein Wort gesagt, du Sexist.

Mr Martin: Vier Minuten und dreiunddreißig Sekunden!

Lea (gibt nicht nach): Pedantischer Sexist!

(Lea, Memento Mori, Professor Arno und Matthäus rücken zusammen.)

Company: Jetzt lassen Sie mich doch rein.

Mrs Martin: Es ist offen. Kommen Sie rein!

Company (tritt ein): Wo sind sie hin?

Die Martins (wie aus einem Munde): Dahin, wo die Enten im Winter hinkommen, wenn der See im Central Park zufriert.

Company: Und wo kommen die Enten im Winter hin, wenn der See im Central Park zufriert?

Die Martins (zeigen in verschiedene Richtungen): Dorthin!

Company: Danke für die Hilfe! Leider wurde mir aufgetragen, keine Zeugen zu hinterlassen.

Mrs Martin: Ja, bei uns können Sie die wirklich nicht lassen. Es ist ohnehin schon eng in diesem Zimmer, das *(zeigt Richtung Saal)* nicht mal eine vierte Wand hat.

(Company richtet das Gewehr auf Mr Martin.)

Mr Martin: Haben Sie doch Mitleid. Erschießen Sie mich nicht. Ich muss noch »Game of Thrones« zu Ende schreiben.

Company: Haben Sie Mitleid mit jemandem? *(Schießt. Aus dem Gewehr spritzt Wasser. Mr Martin biegt sich in Zeitlupe zurück und weicht dem Wasserstrahl aus, der ein Sean-Bean-Poster neben ihm trifft.)*

Mrs Martin: Haha! Hihi! Hehe! Hoho! Huhu! Hbhb! Hdsch-hdsch! Hähä! Hhhh!

Company (murmelnd): Mist! Das war dann also noch nicht der letzte Akt. *(Er verschwindet, wohin Lea, Professor Arno, Memento Mori und Matthäus verschwunden sind.)*

Mr Martin: Schade. Hoffentlich hatte er ein besseres Ziel im Leben … Eins habe ich absolut nicht verstanden. Warum wird absurden Episoden in Büchern so viel Platz eingeräumt?

Mrs Martin: Weil Bücher das wahre Leben abbilden.

Mr Martin: Du bist ein Genie, meine Lady Marmelade! Ich würde mir mit dir gern den Gedanken an ein Kind versüßen!

Mrs Martin (setzt Schlafzimmerblick auf): Lass uns lieber erst die Vorhänge zuziehen.

(Vorhang)

Dritter Akt

(Dorfstraße. Baum. Estragon versucht vergeblich, die Feder hervorzuziehen, auf der er steht. Wladimir beobachtet die Straße und hält ab und zu die Luft an, um sein Magenknurren zu unterdrücken.)

Wladimir: Ich habe etwas beschlossen! Ab morgen werde ich nichts mehr auf den nächsten Tag verschieben.

Estragon (versucht es weiter): Trotzdem ist das alles absurd.

Wladimir: Hör auf. Du solltest wissen, was absurd ist.

Estragon: Sehr gut weiß ich das. Es ist absurd, eine Versicherungsagentur zu gründen, die nur Lebensversicherungen für Schmetterlinge anbietet.

Wladimir: Und da liegst du falsch. In Wirklichkeit hat jeder Mensch ein Ziel.

Estragon: Und was ist unseres?

Wladimir: Nichtstun.

Estragon: Ein tolles Ziel. Ich würde alles dafür tun, nichts zu tun.

Wladimir: Das ist das Ziel der Mehrheit der Menschen. Sie geben es bloß nicht zu.

Estragon: Und was gibt es zu tun?

Wladimir (zuckt bedauernd mit den Schultern): Wenn ich das wüsste …

Estragon (hoffnungsvoll): Vielleicht weiß es Godot?

Wladimir: Godot wird es wissen. Godot ist allwissend und allmächtig.

Estragon: Wie kannst du so etwas von jemandem behaupten, den du noch nie gesehen hast?

Wladimir: Hast du etwa Gott gesehen?

Estragon: Ist Gott etwa allmächtig?

Wladimir: Er hat es zumindest geschafft, dass die Mehrheit der Menschen an ihn glaubt.

Estragon: Mehrheit bedeutet nicht Wahrheit. Die Mehrheit der Menschen bittet Gott auch darum, ein Himmelreich zu erschaffen für die im Feuer verbrannten Kinder, statt zu fragen, warum der gnädige Gott die Kinder verbrannt hat.
Wladimir: Das ist alles absurd!
Estragon: Aber hallo!

(Wie aus dem Nichts erscheinen plötzlich seltsame Leute.)

Memento Mori: Seid gegrüßt!
Estragon (extrem verwirrt): Ist das etwa Godot?
Memento Mori: Darf ich mich vorstellen? Ich bin Godot!
Wladimir: Da bist du ja endlich.
Estragon: Wir haben ein Jahrhundert lang auf dich gewartet!
Memento Mori: Ich stand im Stau.
Professor Arno (zu sich selbst): Vielen Dank an Henry Ford für seinen riesigen Beitrag dazu, das Image des unpünktlichen Teils der Menschheit zu retten.
Wladimir: Und was passiert jetzt?
Estragon: Heiliger Thomas! Ich kann es immer noch nicht glauben!
Memento Mori (beachtet Estragon nicht): Jetzt schauen wir nach irgendwelchen eingeritzten Ziffern im Baum und gehen wieder. Dieses Kapitel zieht sich ohnehin dermaßen in die Länge, dass mancher Autor ein gesondertes Buch daraus machen würde. Ihr dürft nach Haus gehen. Eure Pflicht ist erfüllt.
Wladimir: Es gibt kein Haus. Nur uns und diesen Baum.
Memento Mori: Dann geht eben nicht.

(Memento Mori strebt auf den Baum zu. Wladimir und Estragon stehen enttäuscht da.)

Matthäus: Verzeiht uns. Es wirkt ein bisschen unverschämt, aber es lohnt sich wirklich nicht zu warten. Wir Menschen verschwenden viel zu viele Tage mit der Warterei auf irgendetwas.

Wladimir: Worauf lohnt es sich denn Zeit zu verschwenden?

Matthäus: Emotionen.

Estragon: Und wenn das Ziel des Wartens Emotionen sind?

Professor Arno (zu sich selbst): Dafür hat es sich wirklich gelohnt zu warten … Vielleicht ergibt das auch Sinn?

Memento Mori (findet eine in den Baum geritzte Inschrift: 17´´0´ – und kommt zurück): Es ist Zeit, euch zu verlassen!

Estragon: Wenn ihr uns versprecht wiederzukommen, werden wir hier auf euch warten.

Memento Mori: Nein. Was hat es für einen Sinn, noch mal zu kommen?

Professor Arno (flüsternd): Lasst ihnen das Einzige zurück, was ihr könnt – die Hoffnung. Sie sind so ans Warten gewöhnt, dass sie sowieso nichts anderes können.

Memento Mori: Ein Ende des Wartens ist besser als ein Warten ohne Ende.

Matthäus: Normalerweise hätte ich das sagen sollen.

Memento Mori: Ich weiß nicht, wer was hätte sagen sollen, aber es ist wirklich Zeit zu gehen. *(Er gibt die Koordinaten Br. 9°08´28.1´´S L. 58°36´55.6´´W + 09.01.1908 in den Apparat ein.)* Das Ende eines Theaterstücks, in dem Shakespeare eine Rolle spielt, ist nie ungefährlich, deswegen müssen wir von hier verschwinden, bevor dieser Sat…

(Sie verschwinden. Im gleichen Moment erscheint Company.)

Company: Habt ihr eventuell vier Menschen gesehen?

Estragon: Bleibt wenigstens ein Mensch in dieser grausamen Welt?

Company: Vielleicht könnt ihr das konkretisieren?
Wladimir (apathisch): Godot ist tot.
Company: Es scheint, als seien sie mir entkommen. Na ja, lässt sich nicht ändern … *(richtet das Gewehr auf Wladimir)*. Entschuldigt, ich habe keine andere Wahl. Der Befehl lautet, dass im letzten Akt alle sterben müssen.
Wladimir: So viele glückliche Momente an einem Tag. Das ist zu viel des Guten.

(Es ist ein Schuss zu hören. Wladimir fällt.)

Estragon: Besser ein grundloser Tod als ein zielloses Leben.

(Es ist ein zweiter Schuss zu hören. Estragon fällt.)

Company: Warum ist das Stück nicht zu Ende? *(erblasst und wiederholt verängstigt:)* Al-le … das heißt … *(seine Augen füllen sich mit Tränen. Er führt das Gewehr zum Mund. Die Bühne verdunkelt sich. Einige Sekunden herrscht Stille. Die Bühne erhellt sich wieder, und Company ist zu sehen, der zu den Kulissen geht und dann, wie in flagranti erwischt, innehält. Er führt das Gewehr zum Mund. Die Bühne verdunkelt sich. Nach ein paar Sekunden ist ein Schuss zu hören. Jemand fällt. Die Bühne erhellt sich eigenartig, von der Seite. Im Hintergrund des schwachen Lichts sind in der Mitte drei Leichen zu erkennen. Wladimir, Estragon und der Beleuchter. Company ist entkommen.)*

(Vorhang)

Spoiler #5: Lea wird vom Autor entführt

Es war einmal ein Königreich mit neun Meeresufern, das wurde von einem weisen, großzügigen und gnädigen Herrscher regiert. In dem Königreich schien sommers wie winters die Sonne, und die Bäume waren mit Schokolade überzogen. Das Einzige, was einen Schatten auf das Glück des Sonnenlandes warf, war die Kinderlosigkeit des Königspaares. Woher man auch Gelehrte und Ärzte brachte, alle Versuche, der Königin zu einer Schwangerschaft zu verhelfen, waren fruchtlos. Manche verschrieben ihr Medizin, manche andere Dinge. Aber ihr Verstand war jeweils weniger scharf als das Henkersschwert des Königs, mit dem er die Scharlatane ihrer sinnlosen Köpfe entledigte.

Die Zeit verging, doch dann, als der Herrscher alle Hoffnung verloren hatte, erschien ein Weiser aus dem fernen Orient. Nach dessen Auffassung war ein königlicher Fluch der Grund für die Unfruchtbarkeit, und der Herrscher könne diesen nur aufheben, wenn er als Einsiedler bei Vollmond in einem Turm im Finsteren Wald lebte. Seinerseits war der Weise während dieser Zeit mit der Königin allein und las ihr unaufhörlich Zaubersprüche vor. Wenig später wurde die Königin tatsächlich schwanger. Der überglückliche Herrscher überhäufte den Weisen mit Gold und Silber und schickte ihn gen Heimat. Jedoch hatte das Gefolge ihn kaum bis an die Grenze des Königreichs mit neun Meeresufern begleitet, da trafen sie auf Räuber, und diese ließen das Gefolge ohne Schatz und den Weisen ohne Kopf zurück. Als die Königin davon erfuhr, wurde sie sogleich krank und verstarb alsbald nach der Entbindung. Der König war nun allein mit seiner wunderschönen Tochter, deren Gesicht wundersamerweise orientalische Züge aufwies.

Tag um Tag verging. So, wie andere Kinder über die Jahre heranwuchsen, so wuchs natürlich auch die Prinzessin heran und wurde immer schöner. Aus vielen Königreichen kamen Prinzen, Ritter, Feldherren, Frösche herbei und hielten um ihre Hand an. Doch die Tür zum Herzen der Prinzessin blieb ihnen, im Gegensatz zum Schlosstor, verschlossen.

Als wäre das Unglück des Königs nicht schon groß genug gewesen, strafte ihn das Schicksal noch härter: Die Prinzessin überdachte die Sache mit dem Heiraten noch einmal und beschloss, für die Rechte unterdrückter Frauen zu kämpfen. Der König glaubte nicht, dass es in seinem glücklichen Königreich unterdrückte Frauen gab, und da er annahm, seine Tochter sei verrückt geworden, schickte er eine neue Welle Quacksalber über das Königreich mit den neun Meeresufern. Die Quacksalber hörten der Prinzessin interessiert zu und kamen zum Schluss, dass die Rechte der Frauen im Königreich tatsächlich mehr geachtet werden sollten. Der König bekam Angst, die Krankheit seiner Tochter könne ansteckend sein, und bevor sie sich zu einer Epidemie auswachsen könnte, ließ er alle Quacksalber köpfen. Die Prinzessin jedoch schloss er in einen Kristallturm im Finsteren Wald ein. Da das für die Rettung des Königreichs nicht auszureichen schien, verhängte der Herrscher über jeden Kranken die Todesstrafe. »Kopf ab bei jedem, der uns Schande bringt«, verbreitete sich der Befehl. Dieser wurde von jenem Tag an besonders streng umgesetzt, als die Prinzessin aus dem Kristallturm im Finsteren Wald entkam …

***

Einen schöneren Ort hätte sich Lea kaum erträumen können. Das Erste, was ihr ins Auge fiel, war ein Poster, welches eine schlafende Schönheit zeigte und Frauen aufforderte aufzuwachen. Vor dem Poster stand ein Mädchen von märchenhafter Schönheit in einem kurzärmeligen Hemd mit der Aufschrift »Nenn mich niemals deine kleine Prinzessin!« und rief die Passanten dazu auf, dem Femizid durch eine angemessene Bestrafung Blaubarts Einhalt zu gebieten.

»Jemand muss den Kreisel drehen, sonst glaub ich, ich bin in einem Traum.« Lea hatte vor lauter Verwirrtheit nicht mal über die Banalität ihrer Anspielung nachgedacht.

»In einem Traum nicht, aber im Märchen«, bemerkte Memento Mori und zählte zur Sicherheit die Berge am Horizont nach. »Aber ich bin darüber ganz und gar nicht erfreut, denn es gibt mehr furchtbare Dinge im Märchen, als die Figuren zu Shakespeares Zeiten sich träumen ließen.«

Lea, Professor Arno, Matthäus und Memento Mori standen am Rand eines Finsteren Waldes. Genau an jener Stelle, an der die Jurisdiktion des Königreichs mit den neun Meeresufern endete und das Territorium des Königreichs zu Füßen der neun Berge begann. Und während Memento Mori darüber nachdachte, ob die Verwendung des Wortes »Jurisdiktion« in einem Märchen zusammenhangloser sei als das Nachdenken über diese Zusammenhanglosigkeit in der momentanen Situation, entdeckte Matthäus an der Wegkreuzung einen Info-Felsen.

Am Felsen saß ein Mann, schluchzte herzzerreißend und sammelte seine Tränen in einem gewaltig großen Gefäß.

»Warum tust du das?« In Matthäus erwachten Detektiv und Vertraulichkeit gleichermaßen.

»Ich hab schon viele diese Wege entlanggehen sehen. Jedoch niemanden zurückkommen. Wenn ihr zurückkommt, werde ich euch alles sagen«, erwiderte der Mann unter Tränen.

»Und wohin führen uns diese Wege?«

»Ich hab keine Ahnung. Ich hab doch gesagt, dass ich niemanden je zurückkommen sah«, antwortete der Mann verärgert und weinte noch mehr.

»Die Koordinaten könnten auf allen drei Wegen sein.« Memento Mori näherte sich dem Felsen. Dabei fiel ihm wieder ein, dass sein Hauptziel immer noch darin bestand, Romanfiguren zu beschützen, und so entschied er sich nach links zu gehen. »Matthäus geht geradeaus, Professor Arno nach rechts. Und Lea redet mit diesem Mädchen und findet raus, was hier los ist.«

Lea war bereit, bis zur letzten Leukozyte, Erythrozyte und Thrombozyte zu kämpfen. Sie war bereit, einen neuen Diskurs in diese offensichtlich maskuline Gesellschaft einzubringen. Sie war bereit, statt eines Prinzen Prinzipien zu verteidigen! Sie war bereit … Moment mal …

»Wenn ihr irgendwo einen gestiefelten Kater seht, bringt ihn bitte, bitte mit!«, gab Lea den Wanderern mit auf den Weg und setzte die heldenhafte, ausführliche Verbalisierung ihrer Selbstaufopferung fort.

***

»Die weibliche Stimme war im Märchen schon immer unterrepräsentiert. Immer! Ich aber hab es satt. Jawohl! Ich habe das Prinzessinnendasein über. Was ist daran zu mögen? Jeden Tag werden einem märchenhafte Tafeln gedeckt, und man wird ermahnt, iss das nicht, damit du nicht dick wirst, sonst gefällst du dem Prinzen nicht … Ist mir doch schnurz, wem ich gefalle und wem nicht! Und das Prinzessinnendasein ist mir genauso schnurz. Das bringt nichts. Irgendwo taucht immer ein Lindwurm, Dämon oder so ein Quatsch auf, und sofort fängt mein Vater an zu schreien: ›Wer dies oder jenes mit dem Viech tut, demjenigen gebe ich meine Tochter zur Frau.‹ Vater, du bist so ein großer König, besitzt so viel Hab und Gut … Gib ihnen doch ein Stück vom Königreich ab! Oder versprich ihnen Gold! Aber nein, sofort winkt er mit mir. Zum Glück sind die Lindwürmer in letzter Zeit wieder etwas stärker geworden. Eine Zeit lang ließen sie die Köpfe nämlich nahezu im Handumdrehen fallen, sodass ich, wäre meines Vaters Rätsel nicht gewesen, schon mit dem halben Königreich hätte schlafen müssen. Und kaum sagt man was, geht's ab in den Turm ... Dann sitzt man in der zwanzigsten Etage und wartet auf den Lichtblick, nämlich dass ein Ritter einen befreit ... Wenn man dann in den Armen des Ritters an Vitamin-D-Mangel stirbt, kann er einen wenigstens ›die Schönste unter der Nicht-Sonne‹ nennen. Aber wenn es mir schon so schlecht geht, wie soll es dann erst anderen Frauen gehen? Schneewittchen wurde von den Zwergen gerettet, heißt es. Na, danke schön! Nicht gerettet, sie ist ein Opfer von Menschenhandel. Sieben erwachsene, in die Jahre gekommene Männer, für die sie den ganzen Tag wäscht, aufräumt, kocht, sie hätschelt, um sie herumwuselt – und die sollen ihr angeblich ›Obdach‹ gewährt haben?! Oder schau dir die Geschichte von Rotkäppchen an. Im ganzen Märchen gibt es drei Frauen, von denen werden zwei vom Wolf gefressen, und die dritte ist so dämlich, ein Kind allein in einen Wald voller Wölfe zu schicken ... Und Dornröschen? Ihre einzige Rolle besteht darin, aufzuwachsen und einzuschlafen. Und wofür? Dass dann ein verschwitzter, dreckiger, tausend Hindernisse überwindender Prinz über sie herfällt und sie küsst ... Solange man nicht gut angezogen ist, in einer Kutsche sitzt, einen Kristallschuh findet und sich die Beine rasiert, wird einen niemand auserwählen. Schönheitsstandards. Wegen genau jener Schönheitsstandards ergeht es dem armen Rapunzel so schlecht – ein Spaziergang im Wald, und alles, was in der Mikrofauna einen lateinischen Namen hat, besiedelt ihre Haare ... Ab und zu bringt es eine Frau im Märchen zu etwas. Meistens eine Stiefmutter, und die ist dann so böse, dass der Ruf des gesamten Geschlechts ruiniert ist. Soll ich etwa glauben, Stiefväter seien die traditionellen Apologeten der Güte? Oh nein. Und wenn der Bösewicht keine Frau ist, widmet man demjenigen nur einen Satz: ›Kurze Zeit später wurde die Königin schwanger und schenkte dem König eine Tochter / einen Sohn mit güldenem Haar.‹ Ist sie eine Königin oder ein Inkubator? Zum Glück können Männer keine Kinder kriegen, sonst könnte man sogar von diesem einen Satz nur träumen. Wer ist schwach und muss gerettet werden? Eine Frau. Wer muss den Frosch küssen? Eine Frau. Wer muss das ganze Märchen lang schlafen? Eine Frau. Wer …«

»Bloß gut, dass ich sie nur nach ihrer Meinung zu Katzen gefragt habe«, dachte Lea sarkastisch, während sich die Prinzessin an ihrem Monolog erfreute.

***

»Wenn du nach rechts gehst, überlebst du«, wiederholte Professor Arno laut, um sich selbst Mut zuzusprechen. »Ich glaube, ich habe einen sehr einfachen Weg gefunden, in die Geschichte einzugehen. Auch ein Weg, der einem keine Schwierigkeiten bereitet, kann gewiss Ruhm einbringen.«

Der schmale Pfad schlängelte sich den Bergen entgegen. Jenseits der Berge war weißer Rauch zu sehen. Angesichts des Rauches überlegte Professor Arno, ob dort ein Dorf sei oder der Vatikan. Weil er jedoch glaubte, dass im Märchen trotz dessen geringen Ausmaßes kein Platz für den Vatikan sei, schlug er den Weg zum potenziellen Dorf ein. Er lief und lief, überquerte neun Berge und neun Meere und beschloss dann, grenzenlos glücklich darüber, dass er in seinem Alter immer noch in der Lage war, neun Berge und neun Meere zu überqueren, am Ufer eines Flusses zu rasten. Die Rast tat gut. Professor Arno lagerte inmitten einer Baumgruppe. An den meisten der Bäume hingen statt Blättern Chamäleons, die saisonal ihre Farbe wechselten.

»Um Gottes willen, Hilfe!«

Professor Arno vernahm die Stimme eines Unsichtbaren.

»Ich bitte euch! Mein Mund trocknet aus … Ich habe Lebensdurst …«

Professor Arno erhob sich und bemerkte am Flussufer eine Kreatur im Gras, die wild zappelte. »Selbst wenn es die in eine Kröte verwandelte Gina Lollobrigida wäre, würde ich die nicht küssen«, dachte er und ließ vor seinem inneren Auge sogleich süße Kindheitserinnerungen vorbeiziehen. Dabei wurde ihm klar, dass er für die Aussicht auf ein Zusammensein mit Gina Lollobrigida nicht nur eine Kröte, sondern sogar eine Schnecke küssen würde. Seine zoologische Selbstaufopferung würde aber sowieso nicht wertgeschätzt: Die hypothetische Schnecke im Gras entpuppte sich als ein wesentlich sympathischerer Vertreter der Fauna. Genauer gesagt: als ein Fisch. Ein silberner.

»Wie kann ich dir helfen?« Arno nahm den Fisch in die Hand.

»Weißt du denn nicht, wie man einem Fisch auf dem Trockenen hilft, der kurz vor dem Ersticken ist?« Der Fisch merkte, dass er, statt mit diesem zynischen Satz wertvolle Sekunden zu verschwenden, lieber höflich darum hätte bitten sollen, ins Wasser geworfen zu werden.

»Drei Wünsche?« Professor Arno wagte den Sprung ins kalte Wasser. Er hatte schließlich nicht vor, die Chance auf einen Kuss von Gina Lollobrigida den Bach runtergehen zu lassen.

»Zwei«, korrigierte der Fisch, »ich bin nur silbern.«

»Du befindest dich wirklich nicht in der Position, mit mir um die Anzahl der Wünsche zu feilschen.« Professor Arno wollte zwar mit aller Macht in die Geschichte eingehen und sich die besten letzten Worte ausdenken, aber dennoch nicht Gina dafür hergeben.

»Wenn ich sterbe, werden dir nicht mal diese zwei bleiben.«

»Es gibt viele Silberfische, aber nur ein Leben.«

»Verdammt!« Der Fisch gab bei der erstbesten Weisheit auf. »Dann sprich sie aus, aber rasch!«

Leicht gesagt: rasch. Arno hatte das ganze Leben auf diesen Moment gewartet. Er holte tief Luft: »Ich möchte in die Geschichte eingehen.«

»Das ist zu allgemein. Einmal hat ein Dämon einen Freund von mir gefangen und hat ihn auch genau darum gebeten.«

»Und?«

»Der Wunsch wurde ihm erfüllt, und er ging in die Geschichte ein – als erster Dämon, der mit dem Tode bestraft wurde.«

Professor Arno wurde nachdenklich. Er konnte sich nicht allein auf die Fantasie des Fisches verlassen.

»Die Luft geht mir aus. Lass mich frei. Bit…«, sagte der Fisch und ließ die Zunge heraushängen, um glaubwürdiger zu wirken.

»Einen Moment. Dann lass mir Gina Lollobrigida erscheinen. Hier und jetzt, und jung soll sie sein.«

»Vielleicht hättest du irgendwas Adäquateres nehmen sollen.« Der Fisch zuckte mit den Flossen. »Ich kann dir einen Kürbis in eine Kutsche verwandeln. Dir einen fliegenden Teppich weben. Dich bitten, mich freizulassen …«

»Quatsch! Sag mir wenigstens solch letzte Worte, wie sie auf dieser Erde noch nie jemand gesagt hat.« Arno ergriff die letzte Chance.

»Mehr Wasser …«, sagte der Fisch.

»Etwas Besseres!«, protestierte Arno. Einige Sekunden später begriff er, dass dies nicht seine, sondern des Fisches letzte Worte gewesen waren.

Nun ja. Arnos Träume waren allesamt ins Wasser gefallen. Und so kam es, dass Professor Arno gerade den hauptsächlichen Totengräber seiner Träume im Fluss wasserbestatten wollte, als zwei Wächter des Königs wie aus dem Nichts aus der Erde wuchsen.

»Sie haben den Fisch getötet?«

»Er ist von allein gestorben.«

»Sssie haben den Fffisch nicht freigelassssen?«, konkretisierte der Zweite.

»Ich hatte es vor, aber dann …«

»Fischmord wird auf Befehl des gütigen Königs, sein Name sei gepriesen, hart bestraft. Genauso wie am Fluss stehen, in den Himmel schauen, Gespräche mit Fischen führen und mit uns diskutieren.«

»Ja, aber ich habe doch nicht mit euch diskutiert.«

»Und was mmmachen Sie gerade, Iiihrer Meinung nach?«, fragte der Zweite ironisch. »Wir müssen Sie mitnehmen.«

»Wohin?«

»Neugier ist schlecht«, sagte der Erste, »auf Befehl des gütigen Königs, sein Name sei gepriesen, wird Neugier hart bestraft.«

»Eben jjjene Neugggier hat den gestiefelten Katerrr getötet.«

Professor Arno beschloss zu fliehen. Allerdings merkte er schnell, dass er seinem Alter nicht entfliehen konnte. Erst recht nicht nach der Überquerung von neun Bergen und neun Meeren. Deshalb richtete er seinen Blick traurig auf den Rauch, dessen Ursprung er niemals mehr in Erfahrung bringen würde, und sagte zu den Wächtern: »Gehen wir. Ihr sollt nur wissen, dass ich nicht viel Zeit habe.«

»Zeit zu verlieren, ist nichts im Vergleich zum Kopfverlieren«, erwiderte der Erste lächelnd und knackte mit den Fingern.

In diesem Augenblick tauchte aus dem Nichts eine vergitterte Kutsche auf. Professor Arno setzte sich mit für einen unschuldigen Menschen typischer Verwegenheit in das ungewöhnliche Gefährt, und sie machten sich in umgekehrter Richtung auf den zuvor bereits von ihm zurückgelegten Weg. Sie fuhren und fuhren, überquerten neun Meere und neun Berge und gelangten zur Wegkreuzung an der Grenze.

»Was soll das denn! Damit Väter sich neue Ehefrauen nehmen können, müssen die Mütter am Anfang eines Märchens sterben. Wenn aber überhaupt jemand sterben sollte, damit die Erzählung weitergeht, dann doch der Mann, und die Frau sollte erneut heiraten! Genau! Das würde keinen großen Unterscheid machen. Oder haben diese Feen etwas dagegen? Die kriegen doch tonnenweise Gold von anderen Herrschern und tun nichts dafür. Da hat mal eine das Aschenputtel für diesen blöden Ball aufgebrezelt, und schon geht man uns mit dem Bericht darüber auf die Nerven …«, vernahm Professor Arno eine vertraute Stimme. Gleichzeitig erkannte er Lea, aber bevor er etwas sagen konnte, peitschten die Wächter auf die Pferde ein und bogen in Richtung Schrödingerstraße ab.

»Hoffentlich schaffe ich es, mir bis dahin angemessene letzte Worte auszudenken«, dachte Arno, »zum Beispiel: Das Leben ist viel zu kurz, um solche langen Sätze zu sprechen.«

***

»Die Liebe ist wie der Blinddarm. Man kann gut ohne sie leben«, beruhigte Matthäus sich selbst. Dabei kam ihm komischerweise Lea in den Sinn. Er wusste nicht, wie er bis dahin gekommen war. Zuvor hatte er darüber nachgedacht, ob die Biografie von Peter Pan klischeehaft mit »Er wurde geboren und wuchs auf« beginnen würde. Davon ausgehend war eine logische Verbindung zu Liebe und Blinddarm jedoch schwer zu finden … Jedenfalls folgte Matthäus jetzt wie vorgesehen einem mit singenden Bäumen gesäumten Pfad und dachte an Lea. Oder an die Liebe. Oder einfach an denjenigen, an den wir denken, wenn wir an Liebe denken.

»Du wirst in diese Wege und Pfaaade eintauchen. Wirst zweifellos eine weiiiche Kuuuutsche brauchen … Pamparara … pamparara«, sangen die Bäume fröhlich.

Matthäus kam auf die schon im Moment ihrer Entstehung zum Scheitern verurteilte Idee, sich mit den singenden Bäumen der Stadt via Internet zu verbinden und je nach Spazierstrecke festzulegen, bei welchem Baum wann welches Lied einsetzen sollte. Dafür müsste man eine Apparatur erfinden, die eine je individuelle Übertragung der Kompositionen für die verschiedenen Menschen durchführen würde. An der Stelle der Überlegung fiel Matthäus jedoch ein, dass so eine Gerätschaft schon erfunden worden war und Kopfhörer hieß. Deshalb überdachte er die Umwandlung der Bäume in touristische Sehenswürdigkeiten und beschloss, ihre Interkonnektivität zu überprüfen: »Wisst ihr eventuell, was am Ende der Wege und Pfade geschieht?«

»Man sagt, es sollen Dämonen lauern … Ram bada dam … Das wirst auch du nicht überdauern … Pom porom pom …«

Die Bäume sangen so fröhlich, dass Matthäus sich keine Sorgen über Dämonenüberfälle machte. Er ließ sich an Ort und Stelle im Schatten einiger Ulmen nieder und beschloss zu schlafen. Für ihn war Schlaf sozusagen das Sahnehäubchen des Tages. Zum Einschlafen benötigte er exakt jene Zeit, die man braucht, um den Zeitraum zwischen zwei Wimpernschlägen zu überbrücken.

Er träumte komisches Zeug. Erst biss ein Vampir den jungen Keanu Reeves, dann drehte Tim Burton einen autobiografischen Film über Johnny Depp, in dem Juliette Binoche den Johnny spielt, und als Letztes verlangte Robert de Niro einen Euro Zuschlag von Rotkäppchen, wenn er eine Abkürzung zu ihrer Großmutter fahren würde.

Matthäus wurde aus dem Schlaf gerissen. Er vernahm erst das Geräusch schwerer Schritte, dann diffuses Gemurmel, und schließlich fühlte er im Dämmerzustand, wie eine riesige Kreatur einen Schatten auf ihn warf.

»Duuu, aus den Träumen aufgetaucht … Domm domm domm … Ich glaaaub, du hast bald ausgehaucht … Bum bum bum …«

Matthäus öffnete ein Auge und schloss es so schnell wieder, dass ihm die Wimpern schmerzten. Vor ihm stand ein Dämon. Ein echter Dämon!!! Mit vielen Köpfen und viel ungeheuerlicher als in den Märchen beschrieben.

»Guten Tag!«, sagte der ganz rechts befindliche Kopf des Dämons. »Ich hoffe, du springst nicht schreiend auf und rennst Hals über Kopf davon.«

Genau das hatte Matthäus vorgehabt, aber als er sich vorstellte, er liefe schreiend den Weg entlang und die Bäume sängen: »Da rennt der Angsthase. Bam bam bom. Liegt gleich auf der Nase. Bim bim bim«, oder so einen Quatsch, überlegte er es sich sofort anders.

»Keine Angst. Wir sind mit Fleisch und Blut Vegetarier«, beruhigte ihn der fünfte Kopf des Dämons. »Wir bekommen sowieso für alles Mögliche die Schuld in die Schuhe geschoben, da muss Menschenfresserei nicht auch noch sein.«

»Also weswegen werden Ihnen … ihm … ihr … Wofür werden dir dann die Köpfe abgeschlagen?«

»Die Sache ist die«, der Dämon zuckte mit den Schultern, »wir hatten in Dämonien mal ein, zwei Menschenfresser, und deren Egoismus hat man auf alle bezogen. Nun, was kann ich … können wir dafür? Wir tun weder einem Vogel im Himmel etwas zuleide noch einer Ameise auf der Erde.«

Matthäus warf einen Blick auf die Füße des Dämons und zog den Wahrheitsgehalt des zweiten Satzteils umgehend in Zweifel.

»Es gab eine Zeit, da waren wir normale Menschen. Wir lebten im Schwarzen Wald im Süden des Königreichs, und keiner störte sich an uns – bis zu jenem Tag, als der Große Atomturm explodierte. Ein Rumms, und das war's! Und nun sehen wir so aus. Einige von uns haben neun Köpfe, manche sechs. Wer schnell fliehen konnte, dem sind nur drei Köpfe gesprossen. Später haben uns die Märchenerzähler gesehen, böse Gerüchte über uns verbreitet, und danach wollten alle, die ein Schwert heben konnten, unsere Dekapitation.«

»Was hat er gesagt, was wollten sie?«, schaltete sich der zweite Kopf ein.

»Dekapitation«, antwortete der dritte.
»Und was bedeutet das?«, fragte der vierte interessiert.
»Oha, der da will einen auf schlau machen, sieh mal einer an«, maulte der fünfte.
»Ich glaub, das ist dasselbe wie Köpfen«, meinte der sechste bedächtig.
»Dann sag doch Köpfen, was gibst du so an?!«, fuhr der siebte dazwischen.
»Was ist los, worüber streiten die?«, fragte der neunte, zum achten gebeugt.
»Keine Ahnung. Ich glaub, darüber, ob wir geköpft werden sollen oder nicht«, mutmaßte der achte.
»Das heißt also, der Junge will uns köpfen?«, fragte der neunte erstaunt.
»O je!«, schrie der siebte.
»Was ist los?«, fragte der sechste verwirrt.
»Dieser Junge versucht, uns zu köpfen«, erklärte der fünfte.
»Vielleicht ist er ein Spion des Königs«, bemerkte der vierte.
»Wir drehen um!«, schrie der dritte.
»Bitte, köpfen Sie uns nicht«, bettelte der zweite.
»Bitte, bitte!«, fügte der erste hinzu, »wir sind ohnehin schon eine gefährdete Spezies …«
»Was hat er gesagt, was für eine Spezies?«, fragte der zweite nach.
»Eine gefährdete«, antwortete der dritte.
»Was bedeutet das denn …«
Matthäus lauschte dem Gespräch der Dämonenköpfe eine halbe Stunde schweigend und stellte nur eines fest: Der erste Kopf war deswegen so überaus gut entwickelt, weil er für die anderen acht mitdachte. Eben jener erste Kopf erzählte ihm von der Diskriminierung, unter der die Dämonen aufgrund ihrer Andersartigkeit litten: Sie wurden ohne Anlass geköpft, ihnen wurden

Serienmörder mit den Decknamen Sindbad oder Ali Baba auf die Hälse geschickt und ihre Häuser mit Parolen wie »Neun Köpfe sind gut, einer ist besser« beschmiert.

»Was hier passiert, daran sind die Märchenerzähler schuld. Der König finanziert alle, und so wird die Konjunk...«, hob der erste Kopf an, merkte aber gleich, dass eine einfachere Wortwahl angebracht war, »... und sie schreiben, was ihnen gesagt wird.«

»Deswegen sind in allen Märchen die Könige weise, großzügig und gnädig«, sagte der zweite Kopf nickend.

»Und die Prinzessinnen schön«, fügte der dritte hinzu. »Nun, wenn du die letzte Prinzessin gesehen hättest ... Wenn der arme Prinz betrunken war, sagte er immer, er küsse sie nur in der Hoffnung, dass sie sich in eine Kröte verwandeln würde.«

»Gut, dass Lea das nicht hört«, sagte Matthäus, »sonst würde sie herausfinden, dass für die Existenz dieses Dämons acht Köpfe ausreichen würden.«

»Komm schon, wir können nicht allein den Märchenerzählern die Schuld geben. Wir sind auch ganz schön dumm«, grummelte der fünfte, »und wenn wir irgendwann aussterben, dann aufgrund unseres Bildungsproblems.«

»Jetzt schieb nicht alles auf die mangelnde Bildung!«, schnatterten der zweite und der achte Kopf los.

»Du kannst doch einen frischen Käse nicht von einem Gesteinsbrocken unterscheiden![26] Das ist kein Bildungsproblem, sondern Dummheit, mein Guter«, schaltete sich der sechste ein.

Matthäus wollte eigentlich schon lange gehen, doch die Satzstafetten zwischen den Dämonenköpfen waren so eng getaktet,

---

26 In einem bekannten georgischen Märchen überzeugt die Hauptfigur den Dämon davon, dass sie so stark sei, dass sie Wasser aus Kopfsteinpflaster pressen könne, und ergreift statt des Steins einen Käse. Der Dämon merkt natürlich nichts. Und danach ... ähm ..., aber das ist schon wieder eine andere Geschichte.

dass er nicht zu Wort kam. »Es muss doch eine Lösung geben«, dachte Matthäus in der Pause zwischen »Du bist ein Dummkopf« und »Fresst euch nicht gegenseitig auf, Brüder« und gähnte vor Langeweile. Es dauerte nur einige Sekunden, und der erste Kopf gähnte ebenso, dann der zweite, der dritte, der vierte, der fünfte, der sechste, der siebte, der achte und der neunte. Und weil es wegen des dumpfen Klangs aus der Kehle nicht ratsam ist, beim Gähnen zu sprechen, verstummten die Dämonenköpfe.

»Es ist Zeit für mich zu gehen«, sagte Matthäus, und bevor der Dämon damit fertig war, sich mit zwei Händen Tränen aus achtzehn Augen zu wischen, fügte er hinzu: »Passt auf eure Köpfe auf.«

»Ja, das ist eine gute Entscheidung«, meinte der erste Kopf, denn er war auch der Erste, der mit der gähnerischen Prozedur fertig war, »um dir genau das zu raten hatten wir dich nämlich geweckt. Seit im Königreich der Ausnahmezustand ausgerufen wurde, gilt es als schweres Verbrechen, im Schatten eines Baumes zu schlafen. Wenn nicht wir, sondern die Wachen des Königs dich entdeckt hätten, hätten sie dich in den Kerker geworfen.«

»Und du …« Der Dämon machte mit seinem Zeigefinger eine schnelle Kopf-ab-Geste vor seinem zweiten Kopf.

»Wenn du unbedingt zum König musst, denk daran, ihm bei allem zuzustimmen.«

»Wer hat genug Köpfe, um sich mit dem König anzulegen?!«

»Erst wird er dich mit dem Tod bestrafen und dann die Märchenerzähler Geschichten über dich schreiben lassen, die ihn vom Mörder zum Helden werden lassen.«

Die Dämonenköpfe schienen nicht vor zu haben zu schweigen, deshalb winkte Matthäus wortlos und machte sich ohne Gewissensbisse auf den Weg. Er hatte noch keine achthundert Schritt[27] zurückgelegt, da tauchte hinter ihm eine vergitterte Kutsche auf.

---

27 *Schritt* – ein altes Längenmaß. Dasselbe wie zwei Ellen.

Auf dem Kutschbock saßen zwei Kreaturen – die Wächter des Königs. In der Gitterkutsche ebenfalls zwei – der bereits bekannte neunköpfige Dämon und … Professor Arno?!

Matthäus beschwor die Macht der Induktion, aber bevor er etwas herausfinden konnte, hatten sich die beiden Wächter schon vor ihm aufgebaut.

»Sie haben um die achthundert Schritt zurückgelegt?«, fragte der Erste.

»Hä?«

»Sssie hhhaben um die tausendsssechshundert Elllllen zzzurückgggelllegt?«, konkretisierte der Zweite.

»Hä?« Matthäus' Auffassungsgabe hatte sich nicht gebessert.

Der neunköpfige Dämon versuchte, ihm heimlich Zeichen zu geben, doch neun verschiedene Mimiken logisch mit zwei verschiedenen Gestiken verbinden zu müssen, wurde ihm zu kompliziert.

»Auf Befehl des gütigen Königs, gepriesen sei sein Name, wird das Zurücklegen von achthundert Schritt hart bestraft«, sagte der erste Wächter, »genauso wie auf dem Weg zu stehen, den singenden Bäumen kostenlos zu lauschen, im Dialog mit uns ›Hä‹ zu verwenden, die Augenbrauen vor Verwunderung hochzuziehen und all dem wortlos zuzustimmen.«

»Ich bin Detektiv!«, entgegnete Matthäus entschlossen.

»Die Kenntnis von Fremdwörtern wird hart bestraft«, entgegnete der Erste streng.

»Mit Dekapitttation«, ergänzte der Zweite und warf dem Dämon einen spöttischen Blick zu.

»Sie müssen mitkommen, über alles Weitere wird der gütige König entscheiden. Gepriesen sei sein Name.«

»Es ist nicht zu ändern«, seufzte Matthäus. »Wenn der Vorhang fällt, ist das Theaterstück manchmal nicht zu Ende, sondern es bedeutet den Beginn eines Intermezzos, und nun ja, den Genregesetzen nach hätte wenigstens einer von euch freundlich sein sollen.«

Die Kutsche setzte sich in Bewegung.

»Auf dich warten nicht Broookat, Geschmeiiide und Glück … Bam bam po … deinen Kopf wirst du verliiiern, dir bleibt nur dein Geeenick … Param pa pa«, sangen die Bäume, und Matthäus fand ihr Lied nicht mehr besonders lustig.

***

Eines Tages brachten die Wächter eine neue Gruppe von Krankheit Gezeichneter ins Schloss: einen neunköpfigen Dämon, einen greisen Mörder und einen jungen Mann, der sich benahm, als habe er einen eigenartigen Beruf. Der gütige König mochte sie nicht lange auf ihre Strafe warten lassen, daher verurteilte er sie sogleich bei Tagesanbruch zum Tode durch Köpfen. Wenig später stand ein weiterer ungewöhnlicher Gast vor dem Schlosstor und bat um eine Audienz beim misogynen König. Die Wesire waren verwirrt. Keiner von ihnen wusste, was »misogyn« bedeutete, und daher wussten sie auch nicht, ob sie den Gast für Majestätsbeleidigung zum Tode verurteilen oder wegen Lobpreisung beschenken sollten. Während sich die Wesire berieten, betrat der Gast ungehindert den Hauptsaal und bot dem König an, als Gegenleistung für die Freilassung seiner Freunde die Prinzessin gesund zu machen. Der König war unter einer Bedingung einverstanden: Der Gast sollte seine Rätsel lösen. Falls er sich weigerte, würde auch er wegen Eindringens ins Schloss zum Tode verurteilt werden. Der Gast nannte den König einen »autokratischen Führer«, was die Wesire erneut verwirrte. Da jedoch bisher noch niemand die drei Rätsel des Herrschers hatte lösen können, waren sie überzeugt, er werde sowieso hingerichtet werden. Die Sache mit den Rätseln brachte den Gast nicht besonders aus der Ruhe. Im Gegenteil: Er verlangte, dass alles so schnell wie möglich geschehen solle, denn er und seine Freunde hätten für kindische Spielchen nun wirklich keine Zeit. Und der König begann …

***

Um zum Schloss zu gelangen, hatte Memento Mori einige Hindernisse überwinden müssen. Oft war ihm das Glück hold: Der Menschenfresser hatte Schnupfen und nahm beim Heimkommen den Menschengeruch nicht wahr, Memento Mori hatte ausreichend Fleisch dabei, um zu vermeiden, sich am Ende des Fluges auf dem Feuervogel Fleisch vom Bein schneiden zu müssen, dann konnte er einer Hydra einreden, »das Streben nach Befriedigung der persönlichen Eitelkeit durch Inbesitznahme von Quellen sei ein signifikantes Symptom für Minderwertigkeitskomplexe«, und solch ein Benehmen könne sich für sie auch in eine Art Damoklesschwert verwandeln, da im Märchen immer das Böse vom Guten besiegt werde. Die Hydra jedoch, was auch immer sie für eine Vergangenheit habe, sei nach Märchenstandards sowieso stets als böse stigmatisiert.

Parallel dazu fand Memento Mori heraus, dass der auf dem Felsen sitzende Rabe seine Kacke für den Düngemittel-Export in ein anderes Königreich sammelte, ein violettbärtiger Fremder des Mordes an seinen Ehefrauen beschuldigt wurde und mit dem Färben des Bartes versucht hatte, sich vor den Wachen des Königs zu verstecken, der kopflose Ritter Kopf und Helm verloren hatte, als er Hals über Kopf vor der Hydra floh, und das Geweih des Hirsches nur aufgrund einer Hormonschwankung bis in den Himmel reichte.

Der fehlende Teil der Koordinaten war allerdings nirgends zu entdecken. Memento Mori hatte sich gerade zur Umkehr entschlossen, um den Grundsatz »Wenn du nach links gehst, stirbst du« zu widerlegen, da belauschte er in einem Gasthaus heimlich ein Gespräch. Ein Bauer war Zeuge geworden, wie die Wachen des Königs auf der Schrödingerstraße einen neunköpfigen Dämon und einen ungewöhnlich gekleideten jungen Mann gefangen genommen hatten, und machte sich nun Sorgen, dass im Königreich bald …

Memento Mori hatte jedoch keine Zeit, sich die neuesten Nachrichten über das Königreich anzuhören. Um die Welt zu retten, mussten erst jene Helden gerettet werden, die die Welt retten mussten. Deshalb kaufte er auf einem örtlichen Flohmarkt ein Paar abgetragene Siebenmeilenstiefel und eilte so schnell zum Schloss, dass er kaum die Erde berührte …

***

»Die Frage hat fünf Buchstaben, die Antwort sieben. Wie lautet die Antwort?«

Nach Memento Moris grober Schätzung bestand die Frage aus wesentlich mehr als fünf Buchstaben, nämlich aus ungefähr zwanzig. Natürlich, der König – und irgendein Neuron seines Gehirns vollendete im Unterbewusstsein umgehend den Satz – hatte nicht das Wort »Frage« selbst gemeint.

»Antwort«, antwortete Memento Mori.

»Oho!« Der König zog die linke Augenbraue dreieinhalb Zentimeter hoch. »Saw ud tsut, tlohredeiw re. Sad tsi saw?«

»Legeips!« In Memento Moris Augen spiegelte sich die Bosheit des Königs.

»Verdammt!« Der König schlug mit der Faust auf den Tisch und hätte, wäre er nicht im Märchen gewesen, stattdessen aus tiefster Seele eine Beschimpfung mit »Arsch« ausgestoßen. »Das ist richtig. Wir werden sehen, ob du das nächste Rätsel lösen kannst. Ich habe keine Beine, aber ich kann tanzen. Fass mich nicht an, wenn du mich nicht verlieren willst. Sag mir, wer ich bin!«

»Eine Schneeflocke«, sagte Memento Mori in einem so friedlichen und selbstbewussten Tonfall, dass jegliche Verwirrungsillusion über die Betonung der Schwierigkeit des entscheidenden Rätsels im Keim erstickt wurde.

Es legte sich solch eine Stille über den Saal, dass man eine Nadel in den Heuhaufen hätte fallen hören. Es war die erste Niederlage des Herrschers.

»Lsst d Gfngnn fr«, der König bekam vor Niedergeschlagenheit den Mund nicht mehr auf, »br d rnnrst dch, rst msst d dn Prnzssn hln!«

Also erinnerte Memento Mori sich …

***

»Jedenfalls besteht die Hoffnung, dass eines schönen Tages die Zeit der schmeichlerischen Märchenerzähler oder Schwätzerfeen endet und die Frauen wirklich märchenhaft leben werden«, sagte die Prinzessin traurig lächelnd und holte tief Luft. »Entschuldige, ich glaube, die Rede ist mir ein bisschen zu lang geraten.«

Lea hatte die Länge des Monologs nicht bemerkt. Einzig ihr rechtes Bein war am Ende der sechsten Stunde etwas eingeschlafen, und sie hatte sich deshalb am Rande des Waldes niedergelassen. Aber das war's auch schon. Die Prinzessin hatte Lea so bezaubert, dass sie nicht einmal bemerkte, wie Memento Mori und die Wächter des Königs sich näherten …

»Du musst zurückkehren!«, Memento Mori kam direkt zur Sache, »es gibt keinen anderen Weg.«

»›Esch gibt keinen anderen Wech‹«, äffte ihn die Prinzessin nach, »diesen Spruch haben sich Angsthasen nur ausgedacht, um ihre eigene Feigheit zu rechtfertigen!«

»Ja, aber deine Aufwiegelei macht es noch schlimmer. Unschuldige Märchenwesen werden aus dem einfachen Grund abgeschlachtet, weil sie in diesem Königreich geboren und anderer Meinung sind.«

»Selbst wenn ich zurückkehre, wird der König seine Bestrafungen fortführen. Er ist einer, der vom Tod lebt.«

»Mag sein. Aber wenn du nicht zurückkehrst, wirst du für immer mit der Verantwortung dafür leben müssen. Im Schloss kannst du wenigstens ein paar Leben retten. Du hast die Wahl: Entweder sterben deinetwegen Hunderte Menschen, oder es ist dein Verdienst, dass ein Teil von ihnen leben wird.«

»Gib nicht auf!« Lea runzelte beide Augenbrauen. »Raub den Frauen des Königreichs nicht ihre letzte Hoffnung!«

»Ja, den Kindern des Königreichs ihre Mütter zu nehmen und zum Tode zu verurteilen, ist eine viel bessere Lösung.« Memento Mori hasste es jedes Mal, jemanden durch das Kinder-Argument zu manipulieren, ihm fiel aber nichts Besseres ein. »Eine Schlacht ergibt nur Sinn, wenn man sich auf einem Schlachtfeld befindet. Wenn man an einem sicheren Ort ist, erscheint einem Selbstaufopferung leicht.«

»Ich weiß nicht«, sagte die Prinzessin, »ich muss darüber nachdenken.«

***

Die Genesung der Prinzessin erschien dem König wie ein Wunder. Auch die Epidemie ließ langsam nach und verschwand. Die Zeit verging, und das Königreich an den neun Meeresufern lud einen reichen Prinzen aus einem fernen Land ein. Dem Herrscher gefiel der Prinz sehr, und schon bald wurde die Hochzeit vorbereitet. Das Fest dauerte neun Tage und Nächte. Aus allen Ecken des Königreichs kamen Gäste. Sogar Vogelmilch durfte auf der Festtafel nicht fehlen. Selbst ich war dabei und freute mich. Seit diesem Tag herrschte im Königreich ewige Freude und Liebe …

***

»Du bist ein Idiot!« Lea versuchte Othello und Desdemona gleichzeitig zu verkörpern und hätte sich selbst dafür erwürgen können, dass sie einverstanden gewesen war, mit diesem konformistischen Heuchler auf Reisen zu gehen. »Jetzt werden die Märchenerzähler wahrscheinlich schreiben, dass sie den perfekten Prinzen geheiratet und glücklich bis ans Ende ihrer Tage gelebt hat. Bist du nun zufrieden?!«

Sie saßen am Rand des Finsteren Waldes, an ihrem Ausgangspunkt. Nichts hatten sie in der Hand außer zerschlagener Hoffnung, erlebter Angst, ungezügelter Wut und anhaltender Verwirrung. Ob nun der Himmel oder die Erde den hier befindlichen Teil der Koordinaten verschluckt hatte oder der Autor dieser abgenutzten Metapher, wusste niemand.

»Vielleicht waren die in den Baum geritzten Ziffern einfach nur Zufall, und der Hund liegt ganz woanders begraben.« Seit er um ein Haar dem Schafott entgangen war, hatte Matthäus beschlossen, seinen Kopf für nichts mehr hinzuhalten.

»Ich hab dich hierher mitgenommen, damit du dir über das Rätsel den Kopf zerbrichst, und nicht, damit du mir Kopfzerbrechen bereitest«, sagte Memento Mori vorwurfsvoll und merkte plötzlich, dass die Rätsel des Königs nicht zufällig ausgewählt worden waren. Deren Lösungen »Antwort«, »Spiegel« und »Schneeflocke« konnten genau jener Code sein, mit dem der Safe zu knacken war. »Ich habe eine Idee. Ich muss eine Königin besuchen. In ein paar Minuten bin ich wieder bei euch …«

Memento Mori tauchte tatsächlich ein paar Minuten später wieder auf. In einer Hand hielt er einen roten Apfel, in der anderen einen Papierfetzen.

»Was für eine dumme Frau. Man kann doch nicht alles mit ein und derselben Methode angehen!«, grummelte er und beförderte den vergifteten Apfel mit dem Fuß davon. »Ich hatte recht. Der Spiegel hat mir alles erzählt, inklusive der Koordinaten.«

»Dummheit ist nicht auf ein Geschlecht begrenzt!« Lea hatte keine Nerven für Memento Moris Erfolgsgeschichte. Sein ganzes Image zerfiel vor ihren Augen.

»Entschuldige. Du hast recht, aber lass uns im nächsten Kapitel weiterreden. *Und sie lebten glücklich und zufrieden bis ans Ende ihrer Tage …*«, unterbrach Memento Mori sie und wollte gerade die Koordinaten Br. 42°16´2.6´´N L. 42°43´09.8´´E + 1326 v. Chr. in die Zeitmaschine eingeben, als Matthäus ihn aufhielt. Er wollte das Schicksal des tränenüberströmten Menschen nicht ungeklärt lassen.

»Wir sind zurückgekommen«, begrüßte Matthäus den Mann triumphierend, »nun sag uns wenigstens, warum du weinst.«

»Ich bin solch eine zweitklassige Romanfigur, dass ich nicht mal eine Anspielung in postmodernen Werken wert bin«, brachte der Mann seinen Kummer zum Ausdruck.

»Warum sammelst du denn eigentlich deine Tränen in diesem gewaltig großen Gefäß?«

»Damit man mich fragt, warum ich weine«, erwiderte der Mann und weinte noch mehr.

Matthäus verstand überhaupt nichts. Er riet ihm nur: »Tränen sind gut, aber zu viel Salz verdirbt die Suppe.« Und verschwand aus dem Märchen.

Spoiler #6: Am Ende sterben alle

»Das ist eine Falle!« Memento Mori schaute das tränenüberströmte Kind an. »Eine literarische Falle.«

Memento hatte wirklich nicht erwartet, dass alles so banal enden würde, wie es begonnen hatte. Niemand, nicht ein einziger vernunftbegabter Autor würde seine Figuren gleich am Anfang mit dem konfrontieren, was sie eigentlich erst am Ende vorfinden müssten. Das wäre so, als wenn Ostap Bender den Schatz schon im dritten Stuhl entdeckt und die übrigen nur gesucht hätte, um eine Möbelkollektion zusammenzustellen. Fakt ist allerdings, dass die Buchstaben zur Vervollständigung der Hauptkoordinaten genau dort geschrieben standen, wo die Reisenden aufgetaucht waren, und damit wäre dies wahrscheinlich das kürzeste Kapitel in der Geschichte der kurzen Kapitel geworden, hätten nicht Zeitmaschine und Romanomobil gleichzeitig eine Funktionsstörung gehabt.

Der Grund dafür wurde Memento Mori sogleich klar: Offensichtlich waren sie in einer Nebenhandlung gelandet.

»Um die Reise fortzusetzen, müssen wir in die Rahmenhandlung zurück.«

»Was bedeutet das denn?«, fragte Matthäus.

»Wie soll ich dir das erklären …« Memento Mori wusste zwar sehr wohl, wie er es erklären sollte, doch üblicherweise ziehen Sätze, die mit »Wie soll ich dir das erklären« beginnen, trotzdem ewig lange Erklärungen nach sich. »Zum Beispiel ist die Welt, in der sich Scheherazade Märchen ausdenkt, die Rahmenhandlung. Das, was sie dem Schah erzählt, also das, was in ihren erzählten Märchen passiert, ist jedoch eine andere Welt – die Nebenhandlung, denn die in den Märchen beschriebenen Geschichten spielen in einer anderen Zeit und in einem anderem Raum als die Rahmenhandlung. Wenn in dieser Nebenerzählung noch etwas über eine andere Zeit oder einen anderen Raum erzählt würde und nicht darüber, was dem Nachbarshund letzte Nacht zugestoßen ist, dann wäre das noch eine weitere Nebenhandlung … Ich glaub, ich hab das ein bisschen kompliziert erklärt, oder?«

»Es klingt wie in einem Film von DiCaprio.«

»Ja, so ungefähr. Ein Traum, den man im Traum hat, den man im Traum hat, den man im Traum hat. Bloß auf literarischer Ebene.«

»Und was müssen wir tun?«

»Um in die Rahmenhandlung zurückkehren zu können, muss normalerweise der Handlungsknoten in den restlichen Geschichten zugezogen werden. Wenn der Knoten sich zuzieht, endet die Nebenerzählung und wir gelangen automatisch eine Ebene höher.«

»Aber in Wirklichkeit zieht doch der Autor diesen Knoten zu und nicht wir …!«

»Nicht ganz. Er ist dazu gezwungen, uns gemäß jenen Eigenschaften handeln zu lassen, die er uns am Anfang verliehen hat. Andernfalls würden wir als funktionslose Figuren seine schriftstellerische Schwäche offenbaren. Das ist unsere Überlegenheit.«

***

Eine milde Frühlingsbrise wiegte angenehm die frisch gesprossenen Blätter der Bäume im Garten.

Einen schlechteren Satz als diesen kann man sich als Anfang einer Erzählung kaum ausdenken. Sogar »Wenn es regnet, weinen lautlos meine Fenster« oder »Kühn tränkte der warme Urin des Chamäleons den Wüstensand« waren hundertmal besser als dieser Anfang. Aber was soll's. Wenn die milde Frühlingsbrise angenehm die frisch gesprossenen Blätter der Bäume im Garten wiegt, möchte man ungern über die direkte Veranschaulichung der ordnungsgemäßen Körperfunktionen von Chamäleons reden.

Aus den Tiefen des Gartens tönte Kinderlärm. Die Gärtner arbeiteten lautlos. Im Schatten saß ein Mann und beobachtete die Kinder beim Spielen, schien aber tief in Gedanken versunken zu sein. Irgendwo in seiner eigenen Kindheit. In jener Zeit, als er sich einen Baum als Himmelsleiter vorgestellt und sich hoch oben in der Krone wie ein Riese gefühlt hatte. Mit dem Erwachsenwerden begriff er nach und nach, wie klein er im Vergleich zur Welt war – nur ein Blatt am Baum in einem riesigen Wald. Dieser Gedanke hatte jedoch eine positive Seite – im Weltmaßstab verlor jede beliebige unangenehme Kleinigkeit an Bedeutung. Ja, wirklich, wieso sollte man über eine unerwiderte Liebe, einen regnerischen oder sogar einen mit verschüttetem Tee begonnenen Tag jammern, wenn, verglichen mit der Welt, jedes einzelne dieser Probleme so geringfügig war, dass selbst Leeuwenhoek[28] es kaum erkennen würde?

Generell zogen ihn die Geheimnisse der Welt an. Bis heute glaubte er, dass manche Dinge trotz des wissenschaftlichen Fortschritts noch nicht vollständig erforscht waren. In seinen Augen

---

28 *Leeuwenhoek* – niederländischer Naturforscher, welcher die Grundlagen für die mikroskopische Forschung legte.

glich die Forschung einem Fass ohne Boden, in dem altes Wissen nur deshalb durch neues ersetzt wurde, damit es schon bald wieder durch noch neueres ersetzt werden konnte.

Seine Konzentration wurde von einem Streit der Kinder gestört. Sie diskutierten darüber, ob Gott, obwohl er allmächtig und unsterblich sei, Selbstmord begehen könne oder nicht.

Der Mann musste über die Diskussion der Kinder schmunzeln. »Nichts ist unsterblich außer Ideen«, rief er ihnen zu und schlug vor, eine Geschichte über Unsterblichkeit zu erzählen.

Die Kinder liebten seine halb erlogenen, halb wahren Geschichten und setzten sich sogleich um ihn herum.

Der Mann räusperte sich und begann:

Die Geschichte von der Frau, die unsterblich sein wollte

Vor ungefähr hundertfünfzig Jahren lebte einmal eine Frau. Die Frau war mit Leib und Seele Künstlerin und träumte davon, der Welt mehr als nur ein paar Knochen zu hinterlassen: etwas auch Jahrhunderte später noch Wertvolles. Ein Meisterwerk zum Beispiel. Die Menschen in der Zukunft sollten von ihrer Kunst hingerissen sein und ewig von ihr sprechen.

Anfangs versuchte sie ihr Glück mit Malerei, indem sie andere Künstler kopierte, aber ihre Bilder gefielen niemandem außer ihrem Mann. Ehrlich gesagt war selbst dieser nicht besonders begeistert, aber ihm war es lieber, einmal »Das ist großartig!« zu sagen, als eine Stunde lang zu erklären, warum ihre Werke nicht großartig waren.

Von der Malerei wechselte sie zur Literatur. Zunächst schrieb sie über ihre eigene Leidenschaft. Manchmal über ihren Ehemann und seine Handelsbeziehungen. Später ging sie zu Landschaftsbeschreibungen über. Schließlich entdeckte sie auch philosophische Themen für sich. Sie schrieb zum Beispiel darüber, ob das Schreiben Sinn hat und ob das Schreiben über den Sinn des Schreibens Sinn hat.

»Warum verschwendest du deine Zeit?«, wunderte sich ihr Mann. »Die einzig bedeutsamen Texte, die dir im Leben auch etwas bringen können, sind Handelsbriefe.«

Die Frau glaubte, dass ihre Texte eines Tages einen Durchbruch wie »Das Dekameron« erleben würden, und wenn sie schon nicht die Flamme der Leidenschaft in den Herzen der Menschen entfachen könnten, dann böten sie doch wenigstens der kirchlichen Bücherverbrennung Nahrung. Die Frau hatte es eilig. Die Zeit hatte im Gegensatz zu ihrem Leben jedoch einen großen Vorteil: Sie währte ewig. Auch deshalb ärgerte sie sich zunächst über die Anfertigung jenes Porträts – eine sinnlose Zeitverschwendung, und das nur, weil ihr Mann ihre Jugend und Schönheit in einem Rahmen festhalten wollte.

Schließlich sagte die Frau sich jedoch, dass ein Gemälde ihrem Weg zum Ruhm nicht schaden könne. Als sie reglos vor dem Maler saß, verlor sie nicht sinnlos Zeit, sondern dachte über zukünftige Sujets nach. Hauptsächlich wollte sie über menschliche Leidenschaften und die von ihnen heraufbeschworenen Strafen Gottes schreiben. Über Leidenschaft deshalb, weil ihr Herz davon überschäumte, und über Strafen, weil sie das Herz der Kirche gewinnen wollte.

»Das ergibt eine Art Anti-Deus-ex-Machina«, sagte der Maler einmal zu ihr.

»Was meint Ihr damit?«, fragte ihn die Frau.

»Ich erzähle dir eine Geschichte, und dann weißt du, was ich meine«, antwortete der Maler und begann zu erzählen:

Die Geschichte vom Mann, der den Deus ex Machina nicht mochte

Im alten Griechenland lebte einmal ein junger Dramatiker. Der Dramatiker hatte eine dumme Eigenart – er schrieb nur Komödien, was für ihn aber keine große Tragödie war. Er hasste Aufführungen, bei denen der Hauptheld aus einer ausweglosen Situation gerettet werden muss, indem Gott in einem Streitwagen vom Himmel gesandt wird. Mehr als an Gott glaubte der Dramatiker daran, dass das Theater eine Reflexion des realen Lebens darstellte. Er glaubte jedoch weniger daran, dass Probleme im realen Leben mittels eines herbeigesandten Gottes gelöst werden. Für ihn war der Gott aus der Maschine – Deus ex Machina – genau das, was die Kunst künstlich machte.

Der Dramatiker hatte seine Freunde gegen sich – »Im Theater möchten wir die Wunder sehen, auf die wir im realen Leben warten«, sagten sie. »Denn wenn wir dort genau das zu sehen bekommen, was wir jeden Tag in der Nachbarschaft erleben, warum sollten wir dann ins Theater gehen?« Manche suchten die goldene Mitte: Sie sagten, die Leute müssten im Theater die Realität sehen, jedoch gespickt mit Elementen, welche die Unterschiede zum realen Leben verdeutlichten. Da sie ihn nicht aus eigener Kraft überzeugen konnten, schickten seine Freunde den Dramatiker zu einem seinerzeit berühmten griechischen Weisen, der ebenfalls Dramatiker war; mit ihm sollte er dieses Thema diskutieren.

»Deiner Meinung nach ist der Deus ex Machina also nur deshalb künstlich, weil die Wahrscheinlichkeit seines Erscheinens im realen Leben unbestritten irreal ist?«, fragte der Weise.

»Jawohl.«

»Da hast du recht, aber komm, wenn du nichts dagegen hast, lass uns darüber diskutieren und einige Definitionen festlegen. Wir sollten zum Beispiel definieren, was reales Leben ist.«

»Alles, was um uns herum geschieht, und nicht etwa das, was durch Gemälde, Skulpturen, Theateraufführungen und Manuskripte überliefert ist.«

»All das kann aber doch das reale Leben darstellen.«

»Ja, schon. Doch das ist nur die Reflexion des realen Lebens und nicht das reale Leben selbst.«

»In der Tat«, sagte der Weise, »aber könnten wir diese Hypothese außer für Menschen auch für andere Lebewesen gelten lassen?«

»Verstehe ich nicht.«

»Also, wenn der Hauptheld während der Vorstellung einen Hirsch tötet, wird dieser Hirsch im Gegensatz zum realen Leben nicht sterben.«

»Da hast du recht.«

»Also, wenn auf einem Gemälde zu sehen ist, wie der König sein Pferd beweint, heißt das nicht, dass das Pferd wirklich gestorben ist.«

»Sicher.«

»Also, wenn wir im Manuskript lesen, dass der Igel …«

»So ein Quatsch! Willst du jetzt etwa die ganze Fauna aufzählen? Ich hab's ja verstanden!«

»Gut«, sagte der Weise, »da wir uns geeinigt haben, dass die Definition des realen Lebens für alle Lebewesen die gleiche ist, lass uns nun definieren, was Götter sind.«

»Ein Gott ist ein unsterblicher Mensch.«

»Das ist wahr. Allerdings solltest nicht du solche Sachen sagen, sondern ich. Ich bin hier der Weise. Deine Funktion besteht nur darin, mir zuzustimmen oder nicht zuzustimmen. Verstanden?«

»Jawohl.«

»Auch Götter lieben, neiden, hassen, freuen sich … Mit einem Wort, sie leben wie Sterbliche, nur dass sie unsterblich sind. Stimmst du mir zu?«

»Das hab ich doch gesagt.«

»Scht! Da wir uns einig sind, dass ein Gott ein unsterblicher Mensch ist, können wir den Menschen dann als sterblichen Gott bezeichnen? Denn wenn die Fledermaus eine geflügelte Maus ist, heißt das, dass eine Maus eine flügellose Fledermaus ist, und wenn …«

»Hör auf, alles mit tausend Beispielen zu erklären! Eins reicht fürs Verständnis vollkommen aus!«

»Dann sind wir uns also einig, dass der Mensch ein sterblicher Gott ist. Göttlichkeit heißt jedoch, mit dem Schicksal derer zu spielen, die schwächer sind als du. Zum Beispiel kann ein Mensch grundlos einen Vogel töten, eine Ameise nicht zerquetschen, Zeus hundert Stiere opfern, oder er rettet …«

»Mich interessiert brennend, wie viele Beispiele du noch bringen wirst.«

»Das heißt, bis jetzt ist alles klar?«

»Mehr als das.«

»Dann sag mir, wie oft du die Gelegenheit hattest, ein Küken vor einem Habicht zu retten, eine Fliege aus einem Spinnennetz zu befreien, eine Ameise vorsichtig von deiner Hand an einen sicheren Ort zu setzen …«

»Kein einziges Mal.«

»Pfrrr«, schnaubte der Weise, »aber gehört hast du schon mal davon?«

»Ja, das habe ich.«

»Wie können wir dann ein Ereignis im realen Leben nennen, welches durch die Einmischung eines sterblichen Gottes das Schicksal eines Lebewesens entscheidend verändert?«

»Wunder.«

»Das heißt?«

»Deus ex Machina? Puh. Und dafür hast du den ganzen Dialog hier gestrickt? Du hättest auch direkt sagen können, dass wir für Lebewesen, die schwächer sind als wir, Götter sind und unsere

Einmischung in deren Leben mit einem Deus ex Machina vergleichbar ist ... Was findet ihr Weisen nur an diesem Sophismus?«

»Wenn man als Weiser dastehen will, muss man unendlich viel sagen oder absolut gar nichts«, sagte der Weise, »und Weisheit ist dann angebracht, wenn man Gott um etwas bittet.«

»Was hat das damit zu tun?«

»Ich kenne eine Geschichte darüber, und die wollte ich dir irgendwie erzählen«, sagte der Weise schüchtern, »nun, was wäre man für ein Weiser, wenn man keine lehrreichen Geschichten erzählt ...«

»Was für eine Geschichte?«, fragte der Dramatiker interessiert. »Vielleicht kann ich sie ja weiterverwenden.«

»Damals, vor sehr langer Zeit ...«

Die Geschichte vom Tischler, der ein großes Spielzeug schnitzen sollte

Damals, vor sehr langer Zeit, einige Jahrhunderte vor der Geburt der Vorfahren der Vorfahren der Vorfahren der Vorfahren meiner Vorfahren, wohnte in einer Stadt ein Tischler. Der Tischler hatte einen kleinen Sohn, der an einer unheilbaren Krankheit litt. Der Vater war bereit, sein eigenes Leben herzugeben, um das seines Sohnes zu retten, aber die Götter waren so damit beschäftigt, gegeneinander Krieg zu führen, dass sie keine Zeit hatten, seinen Vorschlag anzuhören. Der Junge selbst sollte in drei Tagen acht Jahre alt werden, wenn ...

... aber der Tischler dachte über keinerlei »Wenn« nach. Er war fest entschlossen, alles zu tun, was der Junge sich wünschte. Und sei es auch sein letzter Wunsch.

»Ich wünsche mir ein großes Spielzeug«, sagte das Kind, »bitte die Götter darum. Sie sind doch gütig.«

Der Vater wollte antworten, die Götter seien manchmal ganz und gar nicht gütig. Besonders dann nicht, wenn Kinder seines Alters an unheilbaren Krankheiten litten oder wenn sie selbst Kriege führten, aber er verkniff sich diese Bemerkung lieber. Noch hatte er ausreichend Holz. Für das Spielzeug und für den Sar…

»Vater, der Krieg hindert die Götter doch nicht daran, mir ein Spielzeug zu schicken, oder?«, unterbrach ihn der Junge bei seinen Gedanken.

»Nein, die Götter erfüllen früher oder später immer alle Wünsche.«

»Ich möchte früher.«

»Dann werde ich sie bitten, deinen Wunsch zu erfüllen, bevor …«, der Vater verstummte für einige Sekunden, »… der Krieg endet. Götter haben bloß eine komische Eigenart: Mit der einen Hand reichen sie dir ein Geschenk, mit der anderen nehmen sie dir etwas weg.«

»Wovon redest du?«

Der Tischler merkte, dass er zu viel geplappert hatte. Bevor das Kind also weitere Fragen stellen konnte, sagte er schnell: »Nun, dazu fällt mir eine Geschichte ein …«

Die Geschichte vom Mädchen, das von den Göttern geopfert wurde

Es war einmal ein Mädchen. Ein kleines Mädchen. Fast so groß wie du. Sie wohnte in einem fernen schönen Land, wuchs königlich auf, und alle umsorgten sie. Man erfüllte ihr jeden Wunsch. Kinder aber brauchen Freunde mehr als Diener. Deshalb freundete sich das Mädchen mit einem Schaf an. Sie spielte ausschließlich mit ihm, und wäre es ihr erlaubt worden, hätte sie sogar bei ihm im Stall geschlafen. So ging es, bis das Mädchen das Schaf eines Tages nicht mehr am gewohnten Ort vorfand.

Stattdessen traf sie auf den Vater. Dieser schaffte es sonst nicht allzu oft, mit dem Kind zu spielen, und so bedeutete seine Anwesenheit für das Mädchen ein schlechtes Omen. Der Vater war streng und versuchte, seine Kinder ebenso streng zu erziehen. Er glaubte, so würden sie zukünftig mit den Schwierigkeiten des Lebens besser zurechtkommen. Nun aber sagte er nur, dass für das Mädchen bald die Zeit komme, in der sie geliebte Menschen verlöre, und dass es am besten sei, sie gewöhne sich von nun an diesen Verlustschmerz. Das Kind hätte es natürlich vorgezogen, die Gewöhnung an den Verlust nicht mit ihrem geliebten Tier zu beginnen, aber der Vater erklärte ihr, das Schaf habe in Wirklichkeit eine weitaus bedeutendere Rolle im Leben als nur mit ihr herumzutollen.

»Kann ich es noch ein letztes Mal sehen?«, fragte das Mädchen.

»Zu spät.« Der Vater mied den Blick des Mädchens und strich ihm stattdessen beruhigend über den Kopf.

Das war im Leben des Mädchens so selten vorgekommen, dass sie für einige Augenblicke sogar das Schaf und die Grausamkeit des Lebens vergaß. Doch die Berührung währte nur wenige Augenblicke, danach wandte sich der Vater ab und ließ das Mädchen allein auf der Wiese stehen.

»Das ist eine Falle!« Memento Mori schaute das tränenüberströmte Kind an. »Eine literarische Falle!«

***

Professor Arno erkundete zwar aufmerksam die Umgebung, konnte aber die Epoche dennoch nicht bestimmen. Die Natur hat die außergewöhnliche Eigenschaft, zu Christi Geburt genauso aussehen zu können wie in unserem Jahrhundert. Natürlich waren keine Anzeichen der modernen Zivilisation zu sehen, wie zum Beispiel Parkbänke, Frisbees, Umweltschutzhinweise, Hunde mit Maulkorb und anderes, aber man konnte nicht mit Sicherheit sagen, ob deren Nichtexistenz vielleicht die Dämmerung der Zivilisation ankündigte.

»Wir sind im fünften Kreis.« Memento Mori zählte die Geschichten an den Fingern ab und fügte, bevor jemand »Woher weißt du das?« fragen konnte, hinzu: »Vor einigen Sekunden bin ich mit der Lektüre fertig geworden, und das ist meine Schlussfolgerung.«

»Warum hast du das nicht früher gesagt?« Seit dem vorigen Kapitel beschwerte sich Lea über alles, was von Memento Mori kam.

»Früher stand es noch nicht geschrieben!« Memento Mori zuckte mit der linken Schulter und schilderte allen detailliert die Szene, welche sich hier abgespielt hatte, bevor sie aufgetaucht waren.

»Also wurde der Handlungsknoten doch schon entwirrt, oder?« Matthäus hatte sich für derartige Ermittlungen noch nie begeistern können. »Tyrannischer Vater wendet dämliche Erziehungsmethode an. Ende. Die Moral von der Geschichte: Um uns an die Härte des Lebens zu gewöhnen, sollen wir jeden Tag ein Stück scharfe Paprika fressen.«

Memento Mori verdrehte die Augen und schnaubte schwach; daraufhin wurde ihm klar, dass er sich, wenn er vermeiden wollte, wieder in solch einem blöden Satz aufzutauchen, niemals so seltsam benehmen sollte.

»Meiner Meinung nach müssen wir die Sache anders angehen.« Während Memento Mori schwach schnaubte, schaltete sich Professor Arno in die Sache ein. »Wir sollten vor allem darüber nachdenken, wie wir eine gewöhnliche Geschichte in ein allseits bekanntes Sujet verwandeln könnten. Zum Beispiel, dem Mädchen ein neues Schaf zeichnen ... Hilf mir mal auf die Sprünge, wie hieß das doch gleich, wie hat Memento das genannt? Inter...«

»Interstellar«, sagte Matthäus.

»Intertextualität«, erwiderte Memento Mori, und Matthäus merkte, dass er »interstellar« nicht hätte sagen sollen, »aber das ist mehr eine Anspielung und wird keine Klarheit in die Handlung bringen.«

»Vielleicht wäre es besser, direkt mit dem Kind zu sprechen?« Lea hatte beschlossen, zusätzlich die Funktion einer Sozialarbeiterin zu übernehmen. »Derartige Kindheitstraumata setzen sich in der Psyche fest und treten im Erwachsenenalter zutage, was fatale Folgen haben kann.«

Der Aussage war anzumerken, dass sie auf irgendeiner Konferenz aufgeschnappt worden war und dass die Originalquelle ebenso Erfahrungen auf diversen Konferenzen gesammelt hatte. Trotzdem bescherte die Synthese aus »Kindheitstrauma« und »fatalen Folgen« Memento Mori eine Idee.

»Rache ist ein Gericht, das man am besten kalt genießt« – eine Zeitreise hatte den unglaublichen Vorteil, berühmte Aussprüche benutzen zu können, bevor deren Originalautoren sie aufschrieben.

»Wie denn? Er ist zu groß und stark.« Das Mädchen war zu klein für Rache und zu verwirrt, um den Spruch wirklich zu begreifen.

»Die Jahre vergehen, und du wirst auf jeden Fall deine Gelegenheit bekommen. Er wird sich nicht einmal mehr erinnern, dass er dich irgendwann so grausam behandelt hat. Das Problem der Menschen ist, dass sie nicht verstehen, wie viel ihre scheinbar bedeutungslosen Handlungen verändern können ... Als Pilatus Jahre später nach Jesus gefragt wurde, konnte er sich nicht mal an den Tag erinnern.« Memento Mori wurde bewusst, dass er mit einem achtjährigen Kind sprach, das noch mindestens zwölf Jahrhunderte würde leben müssen, um mit dem Namen Jesus etwas anfangen zu können. »Kurz gesagt, setz dich einfach ans Flussufer und ...«

… und Memento Mori wurde bewusst, dass er sich nicht unbedingt an alle Sprüche über Rache erinnern musste, die er kannte. Deshalb brach er den Satz mittendrin ab und beschränkte sich darauf, anstatt »warte, bis der Fluss den Leichnam deines Feindes vorbeiträgt« zu sagen, einfach fortfuhr: »warte einfach«.

»Gut«, sagte das Kind und wischte sich die Tränen mit der Faust ab, damit die Handlung nicht zu banal geriete. »Eines Tages wird er wirklich bereuen, mich so behandelt zu haben.«

»Du bist ein starkes Mädchen … ähm … Wie heißt du?« Memento Mori war sich sicher, genau zu wissen, wo er gelandet war.

»Medea«, antwortete das Kind, und im selben Moment verschwand alles ringsum.

Die Geschichte vom Tischler, der ein großes Spielzeug schnitzen sollte

»Das ist doch das Mädchen, von dem du mir damals erzählt hast, vom sagenumwobenen Land, dem goldenen Vlies, den Helden …«

»Ja«, der Vater strich ihm über die heiße Stirn, »das ist die Geschichte von den Göttern, die dem König eine außergewöhnliche Tochter schenkten und sie ihm dann durch die Hand Jasons entrissen. Doch jetzt musst du ein bisschen schlafen, und währenddessen kümmern sie sich um dein Geschenk …«

Zur selben Zeit überzeugte Professor Arno in acht Stadien[29] Entfernung Memento Mori davon, dass seine Idee der primitivste Weg war, den Handlungsknoten aufzulösen.

29 *Stadien/Stadium* – antikes griechisches Längenmaß, ein Stadium entspricht 177,6 Metern, was sich natürlich sowieso keiner merken wird. Und generell ist es an der Zeit, dass Autoren solche Maßeinheiten sein lassen, von denen sie selbst nicht das Geringste verstehen.

»Nein, nein und nochmals nein. Es kann nicht sein, dass jeder Zeitreisende, der in dieser Epoche landet, so etwas tut. Das ist dasselbe, als ob man in Ephesos landen und Herostratos ein Feuerzeug schenken würde.«

»Das hab ich schon getan!«, erwiderte Memento Mori reuig, »außerdem sehe ich keinen anderen Weg. Der Schwerpunkt liegt auf dem Geschenk und nicht darauf, ob der Junge überlebt oder nicht. Durch seine Heilung werden wir den Knoten nicht auflösen.«

»Dann werden noch mehr Kinder sterben.«

»Möglicherweise.« Die Freundschaft mit Machiavelli hatte bei Memento Mori offenbar Spuren hinterlassen. »Und wenn euch das nicht gefällt, dann denkt euch was Besseres aus.«

Ein Totschlagargument, jegliche Diskussion war im Keim erstickt.

»Ein Splitter ist zwar unangenehm, aber immer noch besser, als auf einem Igel zu sitzen«, bemerkte Matthäus, doch auf wessen Seite er sich mit dieser Weisheit schlagen wollte, wusste er wahrscheinlich selbst nicht.

»Bei der Geschichte mit dem Tischlersohn fällt mir noch eine andere ein, aber die mehrmals erwähnten Götter sagen mir, dass wir auf dem richtigen Weg sind«, stellte Memento Mori fest und steuerte mit erhobenen Händen auf die bei der belagerten Stadt rastenden Soldaten zu …

Als Eos endlich von der Morgenröte geweckt worden war und mit angetrockneten Speichelresten im Mundwinkel ausgiebig gähnend das Himmelszelt mit ihren göttlichen Fingern berührte, erwachte auch der Junge. Er fühlte sich gut. Sogar das furchtbare innere Stechen war verschwunden. Durchs offene Fenster drang ungewohnter Lärm. Der Junge stand auf. Er blickte hinaus und … oh, ihr Götter … jetzt schon … direkt vor dem Haus stand sein Geschenk, ein riesiges Holzpferd.

»Vater!«, rief der glückliche Junge. Der Vater hörte jedoch sein Rufen nicht mehr. Genau in jenem Moment, als er einen Spielzeugsoldaten fertig geschnitzt hatte, spaltete aus dem Nichts ein Speer das Herz des Tischlers in zwei Teile und schickte ihn in Hades' Reich.

Die Geschichte vom Mann, der den Deus ex Machina nicht mochte

»Hast du es jetzt verstanden?«

»Was?«

»Weiß ich nicht«, sagte der Weise verwirrt. Es war schon viel Zeit vergangen, seit er die Geschichte angefangen hatte zu erzählen, sodass er vollkommen vergessen hatte, warum er sie begonnen hatte.

»Sehr merkwürdig.«

»Da ist nichts Merkwürdiges daran, wenn ein Mensch die Erinnerung …«

»Nein, ich meine etwas anderes. Schau mal, dort oben fliegt ein Adler mit einer Schildkröte in den Krallen.«

»Merkwürdig wäre, wenn eine Schildkröte fliegen würde und sich einen Adler zwischen die Beine geklemmt hätte …«

»An deiner Stelle würde ich lieber beiseitetreten, statt weise Sprüche zu klopfen.«

»Ein Weiser nimmt keine Ratschläge von anderen an. Ein Weiser lernt aus den Fehlern der Dummen.«

»Das heißt, es ist an der Zeit, von dir selbst zu lernen.«

»Noch bist du dreist, aber wisse, falls du nach Beendigung dieses Satzes immer noch hier bist, dann …«

Der Dramatiker erfuhr allerdings nicht mehr, was passieren würde, wenn er nach Beendigung des Satzes noch hier wäre, weil der Weise seinerseits den Satz nicht beendete. Da war einfach nur ein »Peng!«, und der Dramatiker konnte sich mit eigenen Augen davon überzeugen, dass der Weise wahrlich ein enorm großes Gehirn hatte. Allerdings hatte es nicht ausgereicht, um diesen Treffer zu verhindern.

»Nun ja. Wie es aussieht, existiert der Deus ex Machina im realen Leben wirklich. Das hier ist jedoch die vielleicht beste Tragödie, die er je in seinem Leben aufgeführt hat«, sagte der Dramatiker, stieg vorsichtig über das, was vom Körper seines weisen Kollegen übrig war, und lauschte der Unterhaltung einiger Leute, die in der Nähe standen.

»Du hättest nicht schießen dürfen«, sagte der Alte. »Mit der Rettung einer Schildkröte kann man die Naturgesetze nicht ändern.«

»Es war nur ein kleiner Kieselstein.« Die junge Frau schien verwirrt. »Ich hätte nicht gedacht, dass ich ihn treffen würde.«

»Macht nichts, früher oder später wäre er sowieso gestorben …«, versuchte der junge Mann die junge Frau zu beruhigen, verstummte und merkte, dass es besser gewesen wäre, den Mund zu halten.

Die Geschichte von der Frau, die unsterblich sein wollte

»Woran Aischylos gestorben ist, habe ich schon mal gehört«, sagte die Frau, »aber ich verstehe nicht so ganz, warum am Ende der Geschichte diese fremden Leute aufgetaucht sind.«

»Ah«, meinte der Maler lächelnd, »ich wollte es halt so. Jede Geschichte hat Figuren, die scheinbar unbedeutend sind, aber in Wirklichkeit die Handlung bestimmen.«

»Hm, ich werde etwas schreiben, bei dem eine zweitklassige Figur zum Haupthelden wird. Falls dieses Porträt jemals fertig wird und mich auf dem Weg zum Ruhm nicht weiter aufhält.«

»Farbenmalerei ist komplizierter als Lautmalerei«, entfuhr es dem Maler etwas überheblich. »Warum lächelst du so seltsam?«

»Ach, vom Hof starren mich irgendwelche Leute an, als hätten sie eine lebende Tote gesehen. Sie sehen aus wie die Helden aus Ihrer Geschichte … Oder sind das etwa Verehrer meiner Prosa?«

»Ich weiß nicht«, sagte der Maler, »aber dein seltsames Lächeln gefällt mir ungemein. Genau dieses gewisse Etwas hat dem Gemälde gefehlt.«

»Hauptsache, Ihr werdet beizeiten fertig«, unterbrach ihn die Frau, »ich muss so viel schreiben wie möglich. Mir bleibt immer weniger Zeit, meinen Namen unsterblich werden zu lassen.«

***

»Und weiter?«, fragte eines der Kinder. »Wurde die Frau unsterblich?«

»Ja, wurde sie. Nur nicht durchs Schreiben. Sondern durch dieses Gemälde. Ich hatte die Gelegenheit, es zu sehen, und glaube, dass sie so noch Jahrhunderte überdauern wird.«

»Und wieso haben Sie uns die ganze Geschichte erzählt?«

»Um zu verdeutlichen, dass manchmal ein Moment über die Unsterblichkeit entscheidet. Ein Detail kann das ganze Bild verändern. Versteht ihr, was ich meine?«

Sie verstanden nicht, doch weil der Mann als schlauer Mensch bekannt war, glaubten sie es, ohne zu zögern.

»Dem Obstgarten wird nichts geschehen, Sir. Ihr könnt getrost warten, bis Eure Arbeit Früchte trägt.« Ein Gärtner näherte sich dem Mann. »Es ist nur so, einen der Bäume haben wir nicht gespritzt, und wenn wir nicht aufpassen, kann es passieren, dass die frühzeitig vertrockneten Früchte vor der Ernte abfallen …«

»Macht nichts. Macht Euch darüber keine Sorgen«, unterbrach ihn der Mann, »ein Apfelbaum macht keinen großen Unterschied.«

»Wie Ihr meint, Sir Isaak«, murmelte der Gärtner, »wie Ihr meint.«

***

»Und Sie wollen wirklich behaupten, Newton hätte die ›Mona Lisa‹ selbst gesehen und zu seiner Zeit wurden Bäume gespritzt?« Trotz der Zeitreise glaubte Professor Arno manche Dinge nicht.

»Komm, lass uns das ein für alle Mal klarstellen«, sagte Memento Mori im Stile einer Serienfigur, »das ist eine andere Welt. Fern der Realität. Fiktiv. Hier kann Monet ein einfacher Säufer sein, Degas ein Balletttänzer und Michelangelo überhaupt nicht existieren.«

»Wer ist denn Michelangelo?«, fragte der Professor.

»Offenbar existiert er tatsächlich nicht«, sagte Memento Mori lachend. »Vertrauen Sie mir. Die ganze Geschichte ist erfunden, zurechtgelegt, fingiert. Irgendwelche Leute haben sie fabriziert, experimentieren damit, Leben auf anderen Planeten anzusiedeln. Historische Aufzeichnungen. Archäologische Ausgrabungen. Fossilien. Höhlenmalereien. Pyramiden. Große geografische Entdeckungen. Hieroglyphen. Dinosaurierknochen. Menschen, die all das entdeckt haben. Historiker, die über diese Menschen geschrieben haben. Aufzeichnungen, die die Existenz der Historiker beweisen – alles ist von Anfang bis Ende gefälscht. Wir werden die Wahrheit nur an dem Ort finden, den wir jetzt suchen, und wenn wir überleben wollen, sollten wir nicht über die logische Verbindung zwischen Newton und der ›Mona Lisa‹ nachdenken, sondern über die Eingabe der letzten Koordinaten.«

»Wo geht's diesmal hin?« Lea versuchte, die Diskussion zu beenden, bevor sie begonnen hatte.

»Wir müssen in den Metamodernismus.« Memento Mori schaute erst aufs Datum und gab dann die Koordinaten Br. 40°44′54′′N

L. 73°59´8´´W + 2084 n. Chr. in die Zeitmaschine ein. »Einfacher ausgedrückt, reisen wir zurück. In die Zukunft.«

Noch weniger über den Planeten Kyliejenn

Die Kyliejenner haben nicht viel für Werbung übrig. Sie lehnen Gehirnwäsche durch überflüssige Informationen über diverse Seifen, Waschpulver und Shampoos ab. Mehr noch, die Kyliejenner schätzen Produkte, die Reklame nötig haben, um sich zu verkaufen, wie den Dreck unterm Zehennagel.[30] »Jeder intelligente Kyliejenner an sich ist Werbung für ein gutes Produkt«, glauben die Bewohner des Planeten. »Ein zufriedener Kyliejenner erzählt allen Nachbarn von seiner Zufriedenheit, ein unzufriedener hingegen der ganzen Stadt von seiner Unzufriedenheit. Das ist der beste Grund, gute Produkte herzustellen«, ergänzen andere. »Auf dem Planeten Kyliejenn stört einen keine Werbung, und das ist die beste Werbung«, merken sie an.

---

30 *wie Dreck unterm Zehennagel schätzen* – Ein Teil der Kyliejenner ist mit der Verwendung dieses verniedlichenden Vergleichs nicht einverstanden. Für sie ist das Fußnägelschneiden ein Reinigungsritual. Mehr noch, die Kyliejenner unterteilen die Bewohner des Planeten in zwei Parteien: in jene, die sich die Zehennägel gedankenlos schneiden, und jene, die sich den großen Zeh bis zum Schluss aufheben.

Spoiler #7: Atticus bringt sich nicht um

Werbung[31]

31 Diese Seite ist als Werbung gedacht. Ihr könnt sie einfach ignorieren.

Rundum gab es nur Reklame – Werbeanzeigen. Versprechen. Preisnachlässe. Werbetafeln. Plakate. Virtuelle Welten. Fotos. Sätze. Worte. Worte. Worte. Und Slogans. Besser leben. Göttlicher Geschmack. Mehr als Schokolade. Mehr als mehr als Schokolade. Stirb einmal, und du bekommst für den zweiten Tod fünfzig Prozent Rabatt. Die größte Peta-mega-giga-tera-Show aller Zeiten. Unser Getränk lässt Sie alle unvergesslichen Abende vergessen. Kauf eine Wohnung mit dem siebzigjährigen Null-Prozent-Kredit und quäle dich glücklich dein ganzes Leben lang. Ist die alte Wohnung abgeranzt, hey, auf dich wartet ein schöner Ranzen. Jeden Tag könnten dich der Krebs oder der Tod ereilen – versichere dich noch heute. Bei uns ist die Qualität höher als der Preis. Trink unser alkoholisches Gift und verhilf uns zu Reichtum. Refinanziere deine Schulden über uns und leide richtig. Wählen Sie mich, und ich kümmere mich um eine bessere Zukunft von mir und meiner Familie. Werde langsam fett durch unser Fast Food. Zögern Sie nicht, die Menge ist begrenzt. Unser Handynetz macht Ihnen zwar Probleme, gibt Ihnen aber unbegrenzt Zeit, mit Ihren Freunden über diese Probleme zu reden. Mangustenfleisch mit Rinderaroma. Jeder dreimillionensiebenhundertdritte Käufer erhält drei Prozent Rabatt. Erstmalig erstmalig in der Menschheitsgeschichte. Verliere zehntausend Euro innerhalb einer Woche und gewinne einen Zehn-Euro-Freebet auf Uglybet. Und so weiter. Und so fort.

»Was ist das für ein Quatsch?« Professor Arno wurde ganz schwindlig von der Fülle an visuellen und akustischen Effekten. »Wo sind wir?«

»Ich begrüße euch im Werbezeitalter!« Memento Mori wich vorsichtig einem Werbebanner aus, das einen kleinen Teil des Absatzes einnahm. »Hier ist alles Werbung, und Werbung ist alles. Sie hat die einzige Welt erreicht, in welche wir nie auf direktem Wege gelangt sind – die Bücher. Natürlich schmälern die Anzeigen mitten im Text den Lesegenuss, erhöhen aber dafür erheblich die Einnahmen ... Ich persönlich würde in dieser Epoche nie leben wollen, denn hier ist die Werbung König. Spiele, die Brot verkaufen. Den Hang dazu haben die Menschen jedoch im wortwörtlichen Sinne im Blut – die Konzerne bezahlen Schwangere dafür, den Embryonen die Abhängigkeit von dieser oder jener Marke einzupflanzen. Dadurch werden Kinder geboren, die schon pränatal verrückt nach Coca-Cola, McDonald's, Adidas, Rudens und Huxley[32] sind. Eine Art Investition. Man bezahlt dem Elternteil Geld, und im Gegenzug ist man überzeugt, dass der Nachwuchs, sollte er es im Leben zu etwas bringen, einem diese Summe doppelt und dreifach zurückzahlt ... Bingo! Der einzige Unterschied zu unserer Epoche besteht darin, dass die Werbung hier lebensgefährlich ist. Wenn man sich irgendeine davon zu lange anhört, bannt, verlockt und zerstört sie einen garantiert.«

DAN JACKSON #5

Für eine optimistische Stimmung genügt sogar ein halb leeres Glas.

»Die ›Odyssee‹ hat, wie es scheint, selbst in dieser Epoche nichts an Aktualität eingebüßt«, bemerkte Professor Arno und grinste.

---

32 *Rudens und Huxley* – nicht existente Firmen. Irgendwann muss man sich ja mal etwas Neues ausdenken, oder?!

»Ich meine es ernst. Werbung ist auch für uns gefährlicher, als ihr dachtet. Eine Parallelwelt. Eine gemeinsame Ebene der perfekten Welten, in der es kein ungelöstes Problem gibt. Keinen unheilbaren Schmerz. Keinen nicht entfernbaren Fleck … Bankenwerbung ist voller glücklicher Familien, aber habt ihr jemals einen Menschen gesehen, der sich freut, bei der Bank einen Kredit aufzunehmen? Und das in einer Welt, in der Geldauftreiben viel schwerer ist als Geldausgeben? Wie soll man Marken vertrauen, die laut schreien, dass sie die Welt verändern wollen, während sich diese Veränderung in Wahrheit nur auf die finanzielle Lage ihrer Besitzer bezieht? Und ihr, glaubt ihr etwa, dass sich wirklich irgendwo irgendjemand Gedanken macht, womit man dem geliebten Menschen am Valentinstag die meiste Freude bereiten kann? Nein. Für sie ist die Hauptsache, dass die Freude durch *ihre* Produkte hervorgerufen wird. Glaubt ihr etwa, dass die Pharmaunternehmen euch ehrlich Gesundheit wünschen? Nein. Denn gesunde Menschen würden ihren Bankrott bedeuten. Glaubt ihr etwa, dass jemand euch wirklich ein komfortables Leben bereiten will? Nein. Das Einzige, was derjenige will, ist, euch eine Wohnung zu verkaufen, Geld zu verdienen und sich selbst Komfort zu verschaffen. Irgendwer denkt sich irgendwo aus, dass dünne Menschen beim Frühsport Schuhe dieser oder jener Marke tragen sollten, dann werden Hunderttausende Dollar dafür ausgegeben, dass die morgens joggenden dünnen Menschen das alles glauben und als eigenen Vorteil wahrnehmen. In Wirklichkeit hat es dafür, dass man einfach macht, was man mag, keine Bedeutung, ob man Adidas trägt oder Nike. Nike-Schuhe nehmen dir nichts ab und geben dir auch keinen Rat, wie du dich verhalten sollst. All das denken sich Leute aus, die oft selbst nicht an die Dinge glauben, die sie Millionen Menschen glauben machen wollen. Sie empfehlen einem den Kauf von Produkten und Dienstleistungen, die man nicht hat, nicht will und meist auch nicht braucht, um selbst Geld zu verdienen und Dinge zu kaufen, die sie nicht haben, nicht wollen und meist auch nicht brauchen. Dennoch kann man Werbung nicht als Kunst der Lüge bezeichnen. Sie ist eher die Kunst der Verheimlichung. Die Wahrheit ist, dass …« – Memento Mori schaffte es nicht mehr, die Wahrheit auszusprechen, denn vor ihnen wurde plötzlich eine riesige Werbetafel für eine kosmische Odyssee aufgestellt …

… und als sie daran vorbeiliefen, hatte er vergessen, wo er in seiner Rede stehen geblieben war.

»Ist in der Zukunft nichts los außer Werbung?«, fragte Professor Arno mehr aus wissenschaftlichem als aus marktwirtschaftlichem Interesse. »Touren auf den Mond. Teleportation. Marskolonisation. Ankunft von Außerirdischen. Telekinese. Telepathie …«

»Sie müssen nicht alle Filmsujets aufzählen, die Sie über die Zukunft gesehen haben«, merkte Lea an, »ich glaube, Sie haben vergessen, dass wir gewöhnliche Romanfiguren sind und die Zukunft, in der wir gelandet sind, das Produkt der subjektiven Fantasie eines Individuums ist. Eines Autors, der die Zukunft vielleicht in der Hoffnung beschreibt, dass, falls manche Dinge davon sich bewahrheiten, irgendein Bibliophiler sein Buch herauskramen und sagen wird: ›Guck mal, was der Typ damals schon gewusst hat … Respekt!‹«

Lea hatte recht. Deshalb verkniff sich Memento Mori Ausführungen darüber, wie die Welt sich zum Schlechten verändert habe und dass die Technologien, die geschaffen worden waren, um Menschen einander näher zu bringen, sie eher voneinander entfernten. Und dass Mitte des einundzwanzigsten Jahrhunderts das Große Säkulare Schisma stattfand zwischen Idealisierern direkter Beziehungen und tabletabhängigen Menschen, denen die »Romantisierung der tablet- und internetlosen Beziehungen« zum Hals heraushing und die als Zeichen des Protests virtuelle Cafés eröffneten, wo sie, ohne das Haus zu verlassen, Freunde treffen konnten – oder einfach deren Chatbot-Hologramme … Dass Emojis und Sticker zu Hieroglyphen geworden waren und die Leute immer weniger Sätze zur Vermittlung dessen benutzten, was ein Sticker auf einen Klick ausdrücken konnte. Er sagte auch nicht, dass die Babys zum Schutz vor der Monotonie der Welt schon mit mitwachsenden weißen Kopfhörern geboren wurden, deren Stecker mit dem Bauchnabel verbunden war und mit denen sie ununterbrochen ihrer Laune entsprechende Musik hören konnten. Er sagte ebenfalls nicht, dass der technologische Fortschritt Fingern und den von ihnen ausgeführten Gesten mithilfe von Hybridchirurgie reelle Fähigkeiten verlieh. Die Menschen konnten mit der aus Daumen und Zeigefinger gebildeten Pistole tatsächlich schießen, mit der aus kombiniertem Zeige-

und Mittelfinger gebildeten Schere die Nägel der übrigen Finger schneiden, mit der Kombination Daumen – kleiner Finger mit jedem beliebigen Menschen telefonieren und …

Memento Moris Liste der Errungenschaften wäre noch viel länger geworden, hätte nicht ein existenzkrisengebeutelter Drache in einigen Absätzen Entfernung herumgelegen.

»Der hat uns gerade noch gefehlt!«, seufzte Memento Mori und schmiedete, solange er noch seufzen konnte, einen Plan: »Wenn wir am Leben bleiben wollen, sollten wir uns in so kurzen Sätzen wie möglich unterhalten, denn jede überflüssige Phrase, jeder zusätzliche Absatz rückt die Gefahr in weitere Ferne.«

»Falls wir hier sterben, dann sind meine letzten Worte …«

»Wenn du deinen Satz fortsetzt, dann sind deine letzten Worte: ›Falls wir hier sterben, dann sind meine letzten Worte …‹«, unterbrach Lea Matthäus und merkte, dass ihr selbst ein längerer Satz herausgerutscht war.

»Jetzt ist keine Zeit für Diskussionen. Redet. Denkt euch Floskeln aus, und wenn es die sinnlosesten sind, die ihr je im Leben gehört habt …«

»Dir fallen bessere ein als mir.«

»Bist du da?«

»Krr. Dscha dscha.«

»Kannstegloom.«

»Mein Käuzchen!«

»Schnuckiputzi!«

»Das reicht«, sagte Memento Mori gequält, »dann soll mich doch lieber der Drache fressen.«

Der Drache war überaus traurig über diese Unterstellung. Offensichtlich existierte er in Wirklichkeit gar nicht; ein Grafik-Laie hatte ihn per CGI für eine Barbecuesoßenwerbung entworfen. Noch trauriger machte ihn, dass er in keiner anderen Werbung mehr verwendet wurde und sein Karriere-Aus so unvermeidlich erschien wie beim Scrollen in einem Facebookprofil einen uralten Post versehentlich zu liken …

»Wir müssen die nötige Ziffer finden und zügig aus diesem idiotischen Kapitel verschwinden.« Memento Mori ließ den Drachen hinter sich, sah sich um und stellte fest, dass sie nur noch zu dritt waren.

»Drei sind jedoch, abgesehen davon, dass es mehr als zwei sind, immer noch keine vier«, bemerkte Matthäus.

Diese große Wahrheit hätte wahrscheinlich auch Professor Arno mit Vergnügen bestätigt, wenn er da gewesen wäre …

Für ein paar Sekunden verstummten alle, doch bevor sich die paar Sekunden zu einer offiziellen Schweigeminute ausdehnten, beschloss Memento Mori zu handeln: »Ich muss umkehren … Vielleicht ist es noch nicht zu spät. Und ihr rührt euch, bis ich wiederkomme, nicht von den drei Sternchen weg.«

***

»Ist in der Zukunft nichts los außer Werbung?« Professor Arno fragte mehr aus wissenschaftlichem als aus marktwirtschaftlichem Interesse. »Touren auf den Mond. Teleportation. Marskolonisation. Ankunft von Außerirdischen. Telekinese. Telepathie …«

Und genau in diesem Moment sah er die Werbeanzeige. Arno hielt inne. Sein Verlangen nach Ruhm erwies sich als stärker als sein Misstrauen gegenüber Werbung.

Zumal der Slogan das versprach, was er sich sein ganzes Leben lang erträumt hatte – ein über fünfzehn Jahrhunderte weitergetragener Name. Über längere Zeit als der Name Howard Carters, William Shakespeares, Karls des Großen

und selbst Attilas. Die Perspektive erschien Professor Arno dermaßen verlockend, dass er sich instinktiv dem LCD-Display näherte.

»Gedulden Sie sich fünfzehn Sekunden, statt auf fünfzehn Jahrhunderte Ruhm zu warten«, flimmerte eine Schrift über den Bildschirm und verwandelte sich zwischendurch in Bilder. Die Bilder zeigten ihn selbst. Professor Arno am gerade erst entdeckten Grab der Königin Tamar. Professor Arno beim Schachspiel mit seinem eigenen Klon. Professor Arno als erster unsterblicher Anführer der globalisierten Welt. Die Bilder wurden jeweils von Schlagzeilen bekannter Zeitungen begleitet: »Der Auftritt des vortrefflichen Professor Arnold stoppte den Vierten Stöcke-und-Steine-Weltkrieg«, »Der Wissenschaftler, der das erste bemannte Mars-Raumschiff *Mayflower* anführen wird«, »Der Archäologe, der die Arche Noah und die darin befindlichen Dinosaurierknochen entdeckte – rettete Dinosaurierfleisch die Menschheit etwa vor dem Hungertod?« Von Zeit zu Zeit wurden die Bilder lebendig, und es erklangen Floskeln aus Professor Arnos emotionalen Auftritten vor einem riesigen Publikum: »Rückzug ist keine Schande! Er ist das Einzige, wovon wir uns niemals zurückziehen sollten!« – »Wir können uns natürlich jederzeit auf dem Mars ansiedeln, aber viel einfacher wäre es, die Erde zu erhalten, denn dann müssen wir uns nicht auf dem Mars ansiedeln« – »Weder ist ein Außerirdischer ein Feind, noch ein Erdenbürger ein Freund« … Professor Arno ging immer näher an den Bildschirm heran. Noch nie war Ruhm so greifbar gewesen. Drei Schritte. Der Nobelpreis. Die Entdeckung von Atlantis. Der kaltblütige Feind der globalen Erwärmung. Zwei Schritte. Der Weltherrscher. Der erste Mensch auf dem Pluto. Der Erfinder der Unsterblichkeitsimpfung. Ein Schritt. Ein kleiner Schritt zum Bildschirm, ein großer Schritt für die Menschheit. Eine Sequenz sich überlagernder Bücher. Zeitschriften. Filme. Auftritte. Eine schöne neue Welt hinter den Pforten der Wahrnehmung. Ein Bein steckte schon in der zähen Bildschirmoberfläche. Nur noch ein kleines Stück. Ein kleines bisschen. Doch gerade als er von Kopf bis Fuß in den Strudel des Ruhms eintreten wollte, wurde er an der Schulter gepackt und mit einem kräftigen Ruck hinter die drei Sternchen geworfen.

***

Lea und Matthäus standen unter den Sternchen, und als Matthäus gerade wagen wollte, zu sagen: »Ist das nicht romantisch?«, flog der Professor über ihn hinweg. Im selben Moment veränderte sich alles ringsum. Blitzschnell wuchsen Gebäude aus dem Boden, als würde ein Riese im höchsten Level Tetris spielen. Am Himmel röhrten Militärhubschrauber. Aus dem Nichts aufgetauchte Menschen rannten plötzlich gekünstelt schreiend auf die Straße. Der Verkehr geriet ins Stocken. Und bevor Matthäus fragen konnte, was zur Hölle hier vor sich ging, fühlte er, wie er vorsichtig von einer riesigen Hand gepackt wurde …

… Das Erste, was Professor Arno sah, nachdem er zu Bewusstsein gekommen war, war ein riesiger Affe. In einer Hand hielt der Affe Matthäus umklammert, mit der anderen fuhr er über ein Gebäude, das dem Empire State Building zum Verwechseln ähnlich sah. Polizisten feuerten vergeblich aus ihren Hubschraubern. »Mücken bekommen selten die Chance, im Namen aller ihrer viel zu früh dahingerafften Artgenossen Rache zu nehmen«, dachte Professor Arno anstelle von Matthäus (denn wenn man in einer haarigen Hand gefangen ist, denkt man wahrscheinlich kaum über solche Aussagen nach). Matthäus wollte eigentlich »Lea, ich glaube, ich liebe dich« schreien, doch King Kong riss den letzten Hubschrauber herunter, stellte das Empire State Building auf den Kopf, brüllte grauenvoll, öffnete die Hand …

»... und dann präsentiert er unser Bier. Er soll die Flasche mit den Zähnen öffnen. Er soll ihn sich auf die Schulter setzen, und dann schauen sie zusammen in den Sonnenuntergang. Romantischer King Kong wird zum neuen Schlagwort. Echt jetzt. Alle werden drauf abfahren ... Wir könnten den Slogan auch ändern, zum Beispiel so: ›Wenn dich nach Abenteuer dürstet‹, oder: ›Befriedige den Durst!‹ Oder nein ... das bringt uns zu sehr in Richtung Zoophilie ... Kurzum, den Slogan machen wir später. Kein Problem.«

»Ähm«, sagte der ergraute Marketingmanager der Bierfirma, »solche Werbung gab es eher in meiner Kindheit, in den Zwanzigerjahren. Ich versteh nicht, wieso wir am Ende des einundzwanzigsten Jahrhunderts das alles wieder hervorholen! Wen können wir heutzutage noch mit diesem affigen Zeug hinterm Ofen hervorlocken?! Dass die Werbung interaktiv ist und der King Kong jedes Mal einen anderen Mann entführt, das gefällt mir allerdings ... Das ist eine gute Experience ... Damit können wir versuchen ... Aber dieser depressive Drache und das Blabla von vorher ist wirklich des Guten zu viel ... Es ist zwar nett, sich in der Werbung über Werbung lustig zu machen und so, aber na ja ... Die Spotlänge wird überdehnt, und so lange schaut keiner hin.«

Bis King Kong Matthäus wieder herausrücken und im nächsten Werbespot verschwinden würde, hatte Memento Mori sich schon einen neuen Plan ausgedacht. Um den Autor zu zügeln, musste er die ideale Romanfigur finden. Jemanden, dessen Tod der Leser bedauern würde. Mit den Gefühlen des Lesers zu spielen, könnte für den Autor sehr verlockend sein.

»Das heißt, du willst, während wir die Welt retten, dem Autor einen literarischen Bruce Willis als Opfer präsentieren?«, schlussfolgerte Matthäus.

»Ja. Andernfalls müssten wir die verbleibenden zwei Teile der Koordinate unter diesen Bedingungen finden ... Das Problem ist nur, dass die ideale Romanfigur auch nicht einfach zu finden sein wird.«

»Hmmm«, sagte Lea, und weil Gesumme allein nichts ausdrückte, ergänzte sie: »Es gibt ein Buch. Ihr werdet es nicht kennen, aber es spielt in einer Umgebung, in der wir der idealen Figur auf jeden Fall begegnen werden.«

»Was ist das für eine Umgebung?«

»Hmmm«, sagte Lea, und weil Gesumme allein in dieser Situation ebenfalls nichts weiter hergab, ergänzte sie: »Die Literatenhölle ...«

Spoiler #8: NIEMAND flieht aus dem Comic

Hemingway wohnte in der ruhigen, friedlichen und gemütlichen Straße der Synonyme.

Zum Leben reichte ein Minizimmer. Mit antikem Kamin und Schreibmaschine. Rechts vom Kamin hingen Jagdtrophäen. Links eine Pistole, Tschechows Geschenk. Auf dem Kamin ausgestopfte Nachtigallen. Hemingway redete nicht sehr gern. Genauer gesagt, er konnte nicht. Seine Strafe in der Literatenhölle. Er konnte maximal Fünf-Wort-Sätze sagen. Entlassen hatte man ihn deshalb. Beim Fernsehen war er raus. Deswegen hatte er mehr Zeit. Er jagte im Sherwood Forest. Elektrische Schafe oder auch Steppenwölfe. Natürlich, bevor alles sich änderte …

***

Virginia Woolf sagte, sie wolle die Blumen selbst pflücken. Am Rand des Sherwood Forest habe der Sichelklee schon die Erde aufgebrochen. Als wenn er gen Himmel strebte und seine Wurzeln ihn nicht losließen.

Wäre sie Dichterin gewesen, würde Virginia auf jeden Fall ein Gedicht über einen Menschen schreiben, der Sichelklee mit einer Sichel brach, und mit der Synthese zwischen der Zartheit der Blume und der Aggression des Schneidwerkzeugs würde sie sich vielleicht dichterischen Ruhm erwerben. Aber Virginia war keine Dichterin, sie liebte einfach die von der Sichel gesichelte Wiese. Und sie liebte Sylvia! Die Quelle der Unsterblichkeit der Schmetterlinge in ihrem Bauch! Die einzige Gefangene in allen vier Kammern ihres Herzens! Sie wusste, dass sich Sylvia beim Aufwachen über den Anblick von Blumen am Bett freuen würde. Noch mehr als über den Sichelklee jedoch über die offensichtliche Fürsorge ihr gegenüber. Seit der Zorn der Gesellschaft sie beide quasi in dieselbe Glasglocke verbannt hatte, war sie zur Göttin der kleinen Dinge geworden und versuchte, sich genauso detailliert um Sylvias Befinden zu kümmern. Sie gab weder etwas auf die belustigten Blicke der Nachbarn noch auf die Sprüche der Schriftsteller der viktorianischen Epoche – »Die sollen in ihrem eigenen Zimmer tun, was sie wollen, bei uns sollen sie sich nicht blicken lassen«, sagte sie. »In Wirklichkeit ist Gesellschaft nur ein Euphemismus für Masse«, dachte sie, »wenn man im Leben etwas erreichen will, sollte man niemals auf Leute hören, die einem sagen, dass man im Leben so nichts erreicht.«

Virginia überquerte schnell den Alexanderplatz und hielt an den Gleisen an. Sie wartete, bis die Straßenbahn namens Sehnsucht vorbeigefahren war. Seit Professor Dowell durch Anuschkas Mitverschulden jene tragische Sache zugestoßen war, war sie ein bisschen vorsichtig geworden. Vorsicht ist ja nichts weiter als eine Pusteblume unter einer Glasglocke. Sie überquerte die Gleise, machte fünf Schritte Richtung Nordosten und ging schnell an den Buddenbrokers vorbei. Die mit tausend Glühlampen erleuchtete Wechselstube erhellte die Literatenhölle vollständig. »Piaster, Piaster, Piaster!« Virginia vernahm nerviges Geschrei aus einem Gebäude, daraufhin trat sie drei Schritte perpendikulär beiseite und folgte der Cormac-McCarthy-Straße. Sie bog nach rechts in den Prospekt von Mérimée ein, machte siebenundsechzig Schritte und gelangte wenig später zum Sherwood Forest. »Alles geht vorbei«, sagte sie sich, »selbst Oscar Wilde kam anfangs nicht gut an …« Sieben kurze Schritte nach Südosten. Drei lange Schritte nach Westen. Sie überquerte den Gehweg und verfehlte den im Schatten des Grases schlafenden 103683 um wenige Zentimeter. Bis zur Kurve waren es noch siebenundzwanzig Schritte. Zwei. Drei. Vier. Erstaunlich: Der Mensch lernt schon als Kind laufen, aber manchem gelingt ein Leben lang nicht der entscheidende Schritt. Neun. Zehn. In der Ferne konnte sie Hemingway am Hauptquartier »Kopfloser Reiter« ausmachen. Seit er beim Big Brother's Channel entlassen worden war, lebte er einfach so in den Tag hinein. Morgens jagte er Tiere im Wald, nachts Frauen in den Pubs. Er trank täglich. Pintweise. Quartweise. Literweise. Als hätte er statt eines Magens das Fass der Danaiden im Bauch. Durch die Trinkerei hatte er zitternde Hände bekommen, deswegen rannten alle weg, wenn er den Abzug drückte, nur nicht das Tier, auf das er zielte. Zweiundzwanzig. Dreiundzwanzig. Vierundzwanzig. Fünfundzwanzig. Sechsundzwanzig. Siebenundzwanzig.

Sie erreichte die Kurve.

***

»Was hast du gesagt, welches Buch ist das?« Memento Mori sah sich um.

»›Bestseller‹. Ein satirischer, parodistischer, kriminalistischer, trickreicher, fantastischer und so weiter Roman über die Literatenhölle, in der bekannte und unbekannte Schriftsteller ebenso gequält werden, wie ihre Bücher die Leser gequält haben ...«, sagte Lea schneller als Jesse Owens die hundert Meter rennen konnte.

»Hast du das auswendig gelernt?«

»Nein. Seit das Buch vor drei Jahren erschienen ist, erzählt der Autor immer dasselbe darüber«, rechtfertigte sich Lea für das eigene Erinnerungsvermögen oder die Klischeehaftigkeit des Autors und ging in Richtung Joyces Anmerkungswerkstatt[33] ...

Die Straße führte über den Oxymoronplatz. Zwischen den Denkmalen der Allzu lauten Einsamkeit und der Weißen Näch-

---

33 *Joyces Anmerkungswerkstatt* – ein Ort in der Literatenhölle, wo James Joyce Anmerkungen zu seinen Anmerkungen macht.

te hindurch. Ganz in der Nähe, im Einkaufszentrum »Jahrmarkt der Eitelkeiten«, lag Dostojewskis Idealfigurenschmiede. Lea und Memento Mori waren allein. Matthäus und Professor Arno hatten ein Treffen mit dem Klassiker abgelehnt, denn der eine war auf der Suche nach Conan Doyle, der andere nach dem Glück. Auch Lea hätte gern eine Sightseeing-Tour durch die Literatenhölle gemacht, aber erst musste sie ein Selfie mit Dostojewski machen. Natürlich würde nur ein Idiot glauben, dass der Typ auf dem Foto der echte Dostojewski war und nicht dessen Doppelgänger, doch darüber würde sie sich später Gedanken machen.

»Also, welche Figur würde euch besser gefallen?« Dostojewski schlug einen ziemlich dicken Katalog auf. Sein Verbrechen war das Erschaffen von perfekten Romanfiguren gewesen, und dafür hatte er eine angemessene Strafe bekommen. »Eine Figur, die mit dem Leben zu kämpfen hat, oder eine demütige? Eine seelisch gebrochene oder eine, die für immer und ewig dieselbe bleibt? Ein Protagonist, der zum Gegenspieler wird, oder umgekehrt?«

»Wir möchten eine Figur, deren Tod dem Leser das Herz bricht.«

»Also möchtet ihr das, was gerade Mode ist.« Dostojewski schlug den Katalog beim Buchstaben »T« auf und fuhr mit dem Finger bei »trendy« entlang. »Wenn ihr es ein bisschen poetisch mögt, dann empfehle ich dieses Mädchen. Dünn wie eine Schicht Marmelade auf einem Butterbrot und transparent wie ein Frühlingsregentropfen am Akazienbaum. Ihr Haar ist gewellt wie das Meer, welches ein Leben lang von ihren Tränen gespeist worden ist. Ihr Herz ist so voller Liebe, dass sie nicht nur Schmetterlinge im Bauch hat, sondern auch Raupen und Puppen. Für sie ist die Liebe wie glimmende Asche; sie kann sowohl verlöschen als auch zu einem großen Feuer auflodern …«

»Nein, so eine ähnliche haben wir schon«, sagte Memento Mori und schüttelte den Kopf.

»Wen denn?«, fragte Lea, aber niemand antwortete.

»Und was sagt ihr zu einer rebellischen Figur, die der Meinung ist, alle Politiker sollten im Feuer der Trümmer ihrer eigenen Sessel schmoren, das Einzige, was die Vätergeneration Nützliches geschaffen habe, sei ihre Generation, Trinken sei niemals keine Lösung, und das einzig nützliche Getränk, falls überhaupt nötig, sei ein Molotowcocktail … Solche Figuren sind sehr beliebt.«

»Aber ihr Tod käme nicht unerwartet.«

»Hm. Und wenn wir es mit einem Wunderkind versuchen? Ein sechs- oder siebenjähriges, welches in Wirklichkeit die ganze Lebensweisheit des Autors aufgesogen hat? Ein paar scharf beobachtete Erkenntnisse über die Erwachsenenwelt reichen, zum Beispiel: ›Die Erwachsenen versuchen immerfort, Roboter nach ihrem Bilde zu erschaffen, in Wirklichkeit ist es umgekehrt – sie sind selbst wie Roboter.‹ Oder: ›Autos sind wie Raubtiere, die sich jeden Morgen recken und im Betondschungel auf Jagd gehen.‹ Oder: ›Warum denken die Menschen, es müsse sie ein Gott beschützen, der die ganze Welt erschaffen konnte?‹ Und schon gewinnt das Kind die Herzen aller. Erwachsene mögen Kinder, die wie Erwachsene denken …«

»Hoffentlich beschließt du nicht, das Leben des Kindes negativ zu beeinflussen und seine Grundrechte einzuschränken«, flüsterte Lea Memento Mori zu und machte sich bereit, kategorisch Grenzen zu ziehen.

»Dann nehmt entweder einen Vegetarier oder einen Was-auch-immer-Sexuellen.« Dostojewski hatte noch weitere Ideen, aber keine Lust mehr. »Modischere Figuren als die werdet ihr nicht finden.«

»Und was macht sie zu idealen Romanfiguren, außer dass sie Vegetarier oder was-auch-immer-sexuell sind?«

»Reicht das etwa nicht?«, fragte Dostojewski ehrlich verwundert. »Vertraut mir, das ist vollkommen ausreichend.«

***

Der eigentliche Grund für Professor Arnos Spaziergang war mitnichten das Erkunden der Literatenhölle. Für einen Menschen auf der Suche nach den perfekten letzten Worten war dieser Ort ein wahres Paradies. In eine bessere Gesellschaft aus toten Dichtern und Schriftstellern hätte Arno nirgendwo anders und niemals geraten können. Der Professor glaubte, der Status eines Schriftstellers reiche aus, um sich schnell den perfekten Satz auszudenken; er wusste nicht, dass ein einfacher Satz, der seine überzogene Vorstellung von schriftstellerischem Talent unterstrich, sowohl vom Autor als auch vom Lektor und Korrektor mehrfach überarbeitet worden war. Außerdem glaubte der Professor, letzte Worte müssten kurz, konkret und herzzerreißend sein. Daher machte sich Arno gleich bei Sonnenaufgang auf die Suche nach Hemingway.

Zu Hause traf er ihn nicht an. Irgendein Schriftsteller, der aussah wie Abraham Lincoln, dem bei der Rasur die Klinge kaputtgegangen ist,[34] gab ihm glaubhaft zu verstehen, er sei in den Wald gegangen. Er hatte also keine andere Wahl, als die genaue Lage des Sherwood Forest zu bestimmen und sich ohne Staunen und Zittern auf den Weg zu machen. Es war noch früh am Morgen, und die Straßen waren fast leer. Einzig ein Mann, der ihm irgendwie bekannt vorkam, stand da und strich einen Zaun.

»Entschuldigen Sie, könnten Sie mir den Weg zum Sherwood Forest sagen?«

Der Mann gab keine Antwort.

»Entschuldigen Sie, könnten Sie mir den Weg zum Sherwood Forest sagen?«, fragte Arno noch einmal.

---

34 *Abraham Lincoln, dem bei der Rasur die Klinge kaputtgegangen ist* – in Wirklichkeit ist dieser Schriftsteller Henry David Thoreau. Niemand ist verpflichtet zu wissen, wie man selbst aussieht, deshalb solltet ihr Professor Arno auch nicht rügen (herzl. Bitte d. Aut.).

Wieder keine Antwort.

»Bis ans Ende der Straße und dann links«, vernahm Professor Arno eine Stimme aus völlig anderer Richtung. Er schaute sich um und sah einen seltsam gekleideten langnasigen Mann, dessen Kopf eine lorbeerumkränzte rote Mütze zierte. Er war in Begleitung zweier Mitreisender. Umberto Eco erkannte er gleich. Die Frau nicht.

»Wenn man schon keine Bücher liest, sollte man wenigstens die Rückseite anschauen«, dachte Professor Arno und blickte, ehe er sich wegen Nichterkennens der Autorin selbst zerfleischen würde, in die gewiesene Richtung. Hinter seinem Rücken hörte er wieder die Worte des eigenartig gekleideten Fremdenführers: »Hier geht's zu Shakespeares Hotel – Hothello …«

***

Hemingway träumte nachts von Löwen. Jagd in Narnia – ein Traum. Der Sherwood war zu klein. Spaziergänge im Wald waren Gewohnheit. Nervig, diese Fünf-Wort-Sätze. Manchmal hatte er versucht, in. Längeren Sätzen zu sprechen, doch. Nach jedem fünften Wort erschien. Ein Punkt und verhinderte jeden. Versuch der Vervollständigung eines Gedankens. Träge ging die Sonne auf. Hemingway trug eine rote Kappe. Die zog er ins Gesicht. Vernahm sogleich ein bekanntes Geräusch. Eine Schar Kraniche über ihm. Flatterten mit Tausenden von Flügeln. Flogen pfeilschnell zu den Roggenfeldern. Und Pfeile erreichten sie nicht.

Hemingway schritt langsam zum Wald. Auf einer Sichelkleewiese Virginia Woolf. Er konnte sie gut erkennen. Neuerdings sprachen alle von ihr. Von ihr und Sylvia Plath. Ein Buch hatte sie verdorben. Natürlich ein Buch von Beauvoir. Frauen sind keine Frauen mehr. Das dachte er bei sich. Dreißig Jahre Altersunterschied wären nichts … Nein, solche Verderbtheit war unerträglich. Eine verirrte Kugel änderte alles. Rums – ab ging's nach Nangijala. In Astrid Lindgrens isoliertes Paradies. Es lag in der Hölle. Zwei Flaschen Whiskey reichten ihm. Die ließen seinen Mut wachsen. Er rückte die Kappe zurecht. Es begann die große Jagd. Auf die große Virginia Woolf.

***

»Den da nehmen wir.« Memento Mori hatte nach elfminütiger Bedenkzeit eine Entscheidung getroffen.

»Atticus. Ein großartiger Typ«, pflichtete Dostojewski ihm bei. Er war schon dermaßen entkräftet, dass es ihm sogar recht gewesen wäre, wenn sie Frankensteins Monster gewählt hätten. »Er ist gesetzestreu. Nett. Er beschützt die Unterdrückten. Wenn es in jedem Roman so eine Figur gäbe, dann würden viel mehr Menschen Literatur mögen ... Ich gebe ihn euch gleich, weise aber hiermit ausdrücklich darauf hin, dass verkaufte Figuren nicht zurückgenommen werden.«

»Wenn er so ideal ist, warum sollten wir ihn dann zurückgeben wollen?«, fragte Memento Mori verwundert.

»Weil alle idealen Figuren leider eine negative Eigenschaft haben. Ein Makel ist ein unabdingbarer Teil der Perfektion.«

»Und was hat er für einen?«

»Seht selbst«, murmelte Dostojewski und reichte Memento Mori zusammen mit dem Garantieschein eine zweihundertfünfzigseitige Bedienungsanleitung, »da müsste es drinstehen ...«

***

Sobald Professor Arno Hemingway entdeckt hatte, bereute er, dessen Werke nie gelesen zu haben. Was sollte er machen – er mochte eben keine fiktive Literatur. Schon gar nicht seit Elsas

Tod. Ja, sie war der Bücherwurm gewesen. Wenn sie einen Roman angefangen hatte, musste sie ihn zu Ende lesen, komme was wolle. Sie hatte gesagt, es sei nicht fair, das Lesen in jenem Moment zu unterbrechen, wenn die Figur in Schwierigkeiten sei. Auf diese Weise füge man der Figur noch mehr Qualen zu, so lange, bis man weiterlese. Ein einziges Buch blieb unvollendet: das, in welchem sie in der letzten Nacht ihres Lebens gelesen hatte. Arno konnte sich bis heute an den Titel erinnern: »Das Schloss«. Er konnte sich jedoch nicht mehr entsinnen, ob Elsas letzte Worte »Wenn Kafka nicht so früh gestorben wäre, hätte er wahrscheinlich noch einige Meisterwerke geschrieben« oder »Ich fühle mich schlecht. Kannst du mir Wasser bringen?« gewesen waren. Jedenfalls wollte er keine von beiden gern aufschreiben.

»Was Hemingway wohl als Letztes gesagt hat?«, murmelte Arno. »Oder was würde ich an seiner Stelle sagen, während ich den Abzug drücke? Tja …« Und plötzlich wusste der Professor, was er sagen musste. Es war ja so einfach. So viele Jahre hatte er darüber nachgedacht, dabei hätte es einfach gereicht, stattdessen über etwas anderes nachzudenken. »Großartig, jetzt kann ich dem Tod direkt in die Augen sehen«, murmelte er und bemerkte eine fremde Frau, die in etwa zwanzig Metern Entfernung kniete.

Virginia Woolf bückte sich nach dem nächsten Stängel Sichelklee. »Das Leben ist wie eine Blume«, dachte sie, »man wächst. Entfaltet sich. Glaubt, dass man sich immer weiter von der Erde entferne. Doch das ist eine Illusion. Die Erde lässt einen nicht los …« Und während Virginia einige Stängel pflückte, bemerkte sie eine auf sie gerichtete Pistole.

Hemingways Kopf war ziemlich alkoholschwer. »Der Mensch –«, sagte er grimmig, »des Menschen Wolf.« Zitternde Hand, die schussbereite Pistole. Virginia Woolf erstarrte vor Verblüffung. Ihre Stunden waren wohl gezählt. Sogar die Minuten und Sekunden.

Virginia bewegte sich nicht. Sie wusste, dass Hemingways Hände zitterten. Der Knall scheuchte die Krähen auf. Sie spürte keinen Schmerz. Sie hörte nur jemanden neben sich fallen. Sie sah hin: Ein in die Jahre gekommener Mann mit weißem Bart, in dem hier und da Blutströpfchen zum Vorschein kamen – viele rote Schlusspunkte unter seinem Leben. Verblüfft kam Hemingway zu sich, warf die Waffe weg und floh zum Wald. Virginia war verwirrt. Sie wusste nicht, was sie jetzt tun sollte. Zwölf Schritte trennten sie von dem Fremden. Eins. Zwei. Drei. Sie kam näher. Vier. Fünf. Sechs. Sollte sie etwa jemanden zu Hilfe rufen? Sieben. Acht. »Das Leben ist vergänglich. Zerbrechlich wie eine Christbaumkugel.« Zehn. Elf. Zwölf. Dem Mann stand die Verblüffung ins Gesicht geschrieben. Die Kugel hatte ihn mitten in die Kehle getroffen und sie zerfetzt. Er bewegte die Lippen. »Er möchte etwas sagen«, dachte Virginia, »seine letzten Worte streben danach, der Gefangenschaft der Zunge zu entfliehen.«

»Grch… Gr… ch… chr…«, gurgelte Arno und gab, ohne das Wort ausgesprochen zu haben, den Geist auf.

»Das Leben ist wirklich wie eine Blume«, dachte Virginia traurig und strich dem Alten über den Kopf, »selbst vertrocknet zum Wegwerfen zu schade …«

***

Memento Mori fühlte sich völlig nutzlos. Der Autor war ihm schon wieder einen Schritt voraus gewesen.

»Und was am schlimmsten ist«, ergänzte er, »keiner würde ein Buch schreiben, nur weil ein einfacher Professor auf banale Art gestorben ist. Der Countdown zählt die Stunden eines ganz anderen Menschen.«

Memento Mori und Matthäus standen auf dem Red Square. Vor Kurzem hatten hier AktivistInnen gegen »Häufung physischer und psychischer Druckausübung auf Frauen durch Alkoholiker-Schizoide« protestiert. Lea hätte normalerweise auch dabei sein müssen, war aber nicht zu sehen. Nur Transparente lagen hier und da herum: »Geh ans Meer oder in ein anderes Land«, »No Country For Old Men«, »Mehr Frauen in die Literatenhölle« und andere.

»Entschuldigen Sie, haben Sie hier vielleicht eine junge Frau gesehen?«, fragte Memento Mori und merkte, dass die Frage in dieser Formulierung zu stellen gleichbedeutend war, wie beim Aufenthalt in Macondo zu fragen: »Haben Sie vielleicht Buendía gesehen?«

»Da gab es eine einzige junge Frau«, entgegnete ein Schriftsteller, den weder Memento Mori noch Matthäus noch wahrscheinlich der Leser kannte, »sie hat mit Zola darüber gestritten, was ›Das Paradies der Damen‹ für eine Hölle sei, dann ist sie verschwunden, nur diesen Zettel hat sie dagelassen.«

»Das wird alles immer sinnloser!«, entfuhr es Memento Mori von Herzen, denn zu solch einem Satz passt nicht »presste er durch die Zähne«. »Nun, Herr Detektiv, es ist Zeit für Ihren Auftritt …«

»Ich bin Detektiv, kein Chanpollion.« Matthäus merkte, dass ihm beim Nachnamen ein kleiner Fehler unterlaufen war, aber was soll's. An den Vornamen konnte er sich, falsch oder nicht, erst recht nicht mehr erinnern. »Champalion. Shampoolion. Was auch immer.«

»Pfff. Akutes Versagen der grauen Zellen …«, sagte Memento Mori, da »höhnte ironisch« nicht mehr zu Memento Mori selbst passte, »selbst ein Kind könnte[35] diese Knobelei auf den ersten Blick lösen. In Wirklichkeit sind das nämlich keine Hieroglyphen, sondern ein flüchtig hingekritzelter Don Quijote. Der Autor will offenbar ein literarisches Spiel mit uns spielen.«

»Literatur ist nicht gerade meine Stärke.«

»Dann versuch einfach, mich nicht zu stören«, erwiderte Memento Mori, da er »schimpfen«, »tadeln« oder »aburteilen« für zu seltsame Verben hielt. »Es ist Zeit, diesem Kapitel ein weiteres Kapitel folgen zu lassen und den Hinweisen zu folgen …«

---

35 *selbst ein Kind könnte* – Wenn ihr Kinder seid und es trotzdem nicht lösen könnt, müsst ihr euch nicht schämen. Das ist ein metaphorischer Ausspruch, den sich die Großen ausgedacht haben, ohne die Kleinen zu fragen (beruhig. Anm. d. Aut.).

Auf der Suche nach der verschwundenen Lea

Kapitel I – In dem die Geschichte erzählt wird, wie Matthäus und Memento Mori sinnlos die ganze La Mancha durchquerten, wie sie einen fahrenden Ritter aufgabelten, der sie für den Rasenden Roland und seinen Knappen hielt, wie zwischen ihnen ein grausamer Kampf entbrannte, wie Sancho Pansa die Streithähne bis zur unglücklichen Wende beschwichtigte, wie sie in der nahe gelegenen Karawanserei ein großes Fest abhielten, wie es Nacht, Tag und wieder Nacht wurde, wie ihnen dämmerte, wo Lea sein könnte, wie Memento Mori in der Karawanserei ein Gemälde fand, auf dem eine Wolke, Regen und ein Unendlichkeitszeichen abgebildet waren und feststellte, dass dieser Ort Macondo ziemlich ähnelte, wie der Autor dachte, dass es keinen Sinn mehr hat, dieses Kapitel zu schreiben, weil alles schon im Titel enthalten war, und direkt zum nächsten Kapitel überging.

Kapitel II – Es regnet in Macondo

Einige Absätze werden vergehen, und der in einer alten Küche stehende durchgeweichte Memento Mori wird herausfinden, dass José Arcadio Buendía, Aureliano José Buendía, Arcadio José Buendía und Arcadio Aureliano Buendía verschiedene Leute sind. Bis dahin wird es jedoch regnen, und der Regen wird grenzenlos und endlos sein.

»Das ist magischer Realismus, und es kann alles geschehen, was auch im Traum geschieht«, wird Memento Mori sagen, und genau dann wird aus dem Regenvorhang ein blinder alter Mann auftauchen, der Jorge Luis heißt und in einer Hand einen Sandschirm hält.

»Im Literaturlabyrinth sucht ihr jene, die euch sehr teuer ist«, wird er lächelnd sagen.

»Uff, haben Sie sehr lange nachgedacht, um das festzustellen?«, wird Matthäus antworten und merken, dass seine Antwort stilistisch unpassend ist.

»In Macondo zu suchen, ist Kraftverschwendung«, wird der Mann anmerken, sich selbst in Sand verwandeln und mit dem Schirm im Regen auflösen.

Dann wird ein Boot angeschippert kommen, und darin werden drei Männer sitzen. Von dem Hund mal ganz zu schweigen.

»Übrigens sind wir vor dem Regen aus London geflohen«, wird einer bedauernd sagen, der Holzlöffel statt Paddel hält und eine Geschichte darüber erzählt, dass vor vielen Buchstaben und Lauten in Macondo eine junge Frau aufgetaucht war, mit sehr, sehr, sehr, sehr langem Haar, länger als dieser Satz. Und dass sie in Begleitung eines gewöhnlichen jungen Mannes war, der Autor hieß und ein kofferähnliches Ding mit Knöpfen in der Hand hatte.

»Das ist ein Laptop«, wird Matthäus sagen, aber währenddessen wird das Boot die Flügel ausbreiten und davonfliegen.

Der Regen wird nicht aufhören, und es wird ein reetgedecktes Haus auftauchen, an dessen Tür ein nasser Zettel klebt, auf dem krakelig geschrieben steht: TÜR. Hinter der Tür wird ein Tisch stehen, auf dem ein Zettel klebt, auf dem steht: TISCH. Um den Tisch herum werden Stühle stehen, auf denen Zettel kleben, auf denen steht: STUHL, und auf den Stühlen werden Männer sitzen, und sie werden kleine Zettel auf der Stirn haben, auf denen steht: JOSÉ ARCADIO, AURELIANO JOSÉ, ARCADIO JOSÉ und ARCADIO AURELIANO. Und Memento Mori wird herausfinden, dass José Arcadio Buendía, Aureliano José Buendía, Arcadio José Buendía und Arcadio Aureliano Buendía verschiedene Leute sind.

»Spielen die etwa Namenraten?«, wird Matthäus fragen, und Memento Mori wird sich daran erinnern, dass die Menschen in Macondo einmal aus Schlaflosigkeit alle Wörter vergessen hatten.

»Wir suchen eine Frau mit sehr, sehr, sehr, sehr langem Haar, länger als dieser Satz«, wird Memento Mori sagen.

»Haar?«, wird Aureliano José angestrengt überlegen und über sein Toupet streichen, »ich kann mich schwach entsinnen.«

»Sieh mal, auf dem Kühlschrank ist ein Bild in dem Stil, den wir suchen«, wird Matthäus plötzlich ausrufen und merken, dass er wieder aus dem in diesem Kapitel üblichen Duktus gefallen ist.

Und aus der Küche, auf deren Tür KÜCHENTÜR steht, wird ein Mann kommen, mit einem dichten grauen Schnurrbart, ein südländischer Typ. »Wie kommt ihr darauf, dass ich in solch einer seltsamen Zeitform schreibe?«, wird der lospoltern. »Hört sofort auf, in dieser seltsamen Zeitform zu erzählen, und verschwindet!«

Jedoch wird ein Hase auf einen Zettel gemalt werden und eine Zunge, die jemandem aus dem Bart ragt.

»Das ist äsopische Sprache«, wird Matthäus sagen, und das wird für ihn so unerwartet sein, dass er an des magischen Realismus reale Magie glauben wird.

Es werden wieder ein paar Buchstaben vergehen, und Memento Mori wird nicht mehr hier sein.

Kapitel III – Hase und Fuchs

Ein Hase hatte beschlossen, Maler zu werden. Mit einem Stück Kohle kritzelte er auf Baumrinde herum, und da bisher niemand echte Zeichnungen gesehen hatte, fanden seine Werke bei allen großen Anklang. Der Name des Hasen war im Wald in aller Munde, und so erdreistete er sich sogar, Raubtiere zu zeichnen.

Eines Tages hatte der Hase den Fuchs als Modell zu Gast. »Das ist ein Leichtes«, sagte der Hase.

»Natürlich ist das leicht«, pflichtete der Fuchs bei, »es wäre nur dann schwer, wenn du mit einem zugekniffenen Auge malen würdest.«

»Kein Problem. Das ist auch nicht schwer«, sagte der Hase, kniff ein Auge zu und kritzelte weiter.

»Da hast du recht«, gab der Fuchs zu, »aber, schau mal, du wärest ein echter Meister, wenn du mit völlig geschlossenen Augen malen würdest.«

»Auch das kann ich«, erwiderte der Hase stolz und schloss die Augen.

Darauf hatte der Fuchs nur gewartet, verschlang den Hasen seelenruhig und schlenderte nach Hause.

»Die Moral von der Fabel ist, man soll kein Dummkopf sein«, sagte Memento Mori, der von irgendwoher aufgetaucht war. Er nahm die Zeichnung und staunte. »Keine Ahnung, warum der Fuchs so einen immensen Aufwand betrieben hat, nur um einen Hasen zu fangen, aber meiner Meinung nach bin ich eher ein Hydraulikdruckpumpenventil, als dass diese Zeichnung ein Fuchs ist.

Kapitel IV – Zeit[36]

Das Abendland ging unter.[37]

»Wir Menschen sind stets auf der Suche nach der verlorenen Zeit.[38] Für uns gleicht Zeit einem wassergefüllten Gefäß mit Sprung, aus dem unaufhörlich Flüssigkeit heraustropft. Dip. Dip. Dip. Und das hört nie auf. Egal, ob man Bier trinkt, Musik hört oder eine Zigarre raucht.[39] Allerdings ist das allein unsere Schuld. Wir, die Menschen, haben uns ausgedacht, dass eine Umkreisung der Erde um die Sonne ein Jahr sein soll, und indem wir unsere eigene Zeit in einen Rahmen pressen, sind wir wie die Hamster

---

36 *Zeit* – der Titel ist so tiefgründig und allumfassend, da werden ein, zwei Fußnoten nicht reichen, um ihn zu erklären.

37 *Der Untergang des Abendlandes* – Titel eines bekannten Werkes von Oswald Spengler, in dem er vom Untergang der europäischen Zivilisation spricht und auf ein Hegel'sches Werk über die verschiedenen Altersstufen der Zivilisation Bezug nimmt, in dem wir das Zwielicht Europas mit dem, welches in Fausts Kabinett herrscht, gleichsetzen können.
Hegel – berühmter deutscher Philosoph. Auf den gleichen Anfangsbuchstaben lauten auch die Namen solch hervorragender Philosophen wie Hölderlin und Heidegger.
Faust – folkloristische Figur, über die Goethe nur deshalb ein zweibändiges Gedicht geschrieben hat, damit sich die Mehrheit der Menschen Jahre später nur an »Verweile doch, du bist so schön« erinnern möge.

38 *Auf der Suche nach der verlorenen Zeit* – sehr direkter und gleichzeitig schwacher Ruf nach Proust, aus dem wir schließen können, dass der Autor von Prousts berühmter Serie von Werken nur den Titel kennt (und dass es eine berühmte Serie von Werken ist und nicht ein Werk). Zumal dieses Wissen sowieso im vorliegenden Buch eingangs des ersten Prologs im dritten Absatz zum Ausdruck kam.

39 *Bier, Musik, Zigarre* – eine Periphrase von Nietzsches Phrase. Woher diese Phrase kommt, weiß allerdings nur Gott, und der ist tot.

im Hamsterrad, wir bewegen uns immerfort vorwärts – und doch wieder nicht. Nicht nur das, selbst der Vergleich mit den Hamstern wird sich nie ändern. Jedes Jahr um die gleiche Zeit haben wir das gleiche Ritual und denken, das Leben muss so sein … Auch deswegen ist die ganze Geschichte eine Farce.[40] Ewige Wiederholung. Wenn wir allerdings die Zeit besiegen wollen, braucht es Veränderung. Veränderung ist der Feind der Monotonie. Sie[41] bekämpft furchtlos gefährliche Worte wie »immer« und »nie«. Man weiß ja nur zu gut, was für ein Schwachsinn Aussagen wie »Ich werde dich immer lieben« oder »Ich werde dich nie verlassen« sind, wenn man dadurch sowohl sein Gegenüber als auch sich selbst der ewigen Eintönigkeit preisgibt …«

»Wir verlieren Zeit«, unterbrach Memento Mori, nahm eine Skizze von Hofrat Behrens in näheren Augenschein und entführte den verblüfften Matthäus in eine andere Welt, sodass der Detektiv selbst nicht begriff, wie ihm diese Gedanken in den Sinn gekommen waren.[42]

40 *Die Geschichte ist eine Farce* – eine Modifikation von Marx' Phrase, die schon andere vor Marx gesagt haben, z. B. Hegel.

41 *Sie* – In seinem Werk »Totem und Tabu« hat S. Freud dieses Wort mehrmals benutzt.

42 *… in den Sinn gekommen waren* – In diesem Satz ist nichts unverständlich. Die Fußnote fördert die wachsende Menge an erklärenden Worten und erweckt damit den Eindruck, dass ihr einen schlauen Text lest.

Kapitel V – Nein!

Alle glücklichen Paare gleichen einander, und jedes unglückliche Paar ist auf seine eigene Weise unglücklich. Matthäus glaubte nicht, dass man sich siebenhundert Seiten lang quälen muss, um sich zu verlieben. »Es könnte doch auch sein, dass Lea sich auf einmal bedingungslos in mich verliebt«, dachte er.

»So einfach ist das nicht. Es gibt Genregesetze. Struktur. Sujet. Dies und das«, erwiderte Memento Mori.

Matthäus war erst verwirrt, dann erschrocken. Vielleicht war er auch erst erschrocken und dann verwirrt, denn er war dermaßen verwirrt und erschrocken, dass er über die genaue Reihenfolge der Verwirrung und des Schrecks nicht nachgedacht hatte. Er überlegte nur, ob Memento Mori etwa seine Gedanken lesen könne.

»Ich habe damit nichts zu tun«, rechtfertigte sich Memento Mori, »das ist die Epoche des allwissenden Autors. Er kann, wenn ich dich daran erinnern darf, gleichzeitig Gedanken lesen und übertragen. Ich lese nur die schon aufgeschriebenen Gedanken.«

Und Matthäus witterte die einzigartige Chance, mit dem Autor um Leas Liebe zu feilschen. Natürlich wurde ihm gleichzeitig klar, dass der Adressat der Bitte schon wusste, was Matthäus wollte, und sich dadurch in einer überlegenen Ausgangsposition befand; dennoch wollte sich Matthäus die einmalige Gelegenheit nicht entgehen lassen, mit dem Autor in direkten Kontakt zu treten.

»Hey!«, sagte Matthäus. Er wusste nicht genau, was er sagen sollte. »Bitte, lass Lea sich in mich verlieben … Genauer gesagt: Hilf uns zuerst, sie zu finden, und dann mach, dass sie sich in mich verliebt! Das kriegst du doch hin, oder?! Du musst einfach nur diesen einen Satz hinschreiben: ›Sie verliebte sich in ihn.‹ Und dann brauchst du mich überhaupt nicht mehr zu erwähnen.

Genre, Sujet und das ganze Zeug sind egal. Die Leute mögen Geschichten von Liebe, keiner wird enttäuscht sein. Außerdem: Wie viele Menschen werden Hoffnung schöpfen, dass es manchmal Wunder gibt? Na los!«

Matthäus beruhigte sich und schaute sich ein Zeichen suchend um. Sie standen vor einem Haus aus roten Backsteinen. Auf der einen Seite war es von einer Buchenhecke umgeben, auf der anderen von einer Mauer aus glatten Steinen. Im Garten blühten mehrere Kirschbäume, und der Duft des Frühsommers hing in der Luft und mischte sich mit dem Geruch von zertretenen Pfingstrosen. Um die frisch entfalteten Kirschblüten summten Bienen. Am Zaun reckte sich Mohn. Aus der Ferne ertönte das Signal eines Zuges …

»Schick mir wenigstens eine Taube. Tu was. Gib mir ein Zeichen.« Matthäus verlor die Geduld.

Und vom Himmel kam tatsächlich eine Taube geflogen, statt eines Olivenzweigs trug sie einen Zettel im Schnabel.

»A bis Z«, las Matthäus laut vor, »was bedeutet das?«

»Nichts Wichtiges.« Memento Mori hatte keine Lust auf eine Erklärung, sonst würde er sagen, dass diese beiden Buchstaben auf eine Enzyklopädie hindeuteten. »Vielleicht steht die Antwort auf der Rückseite?«

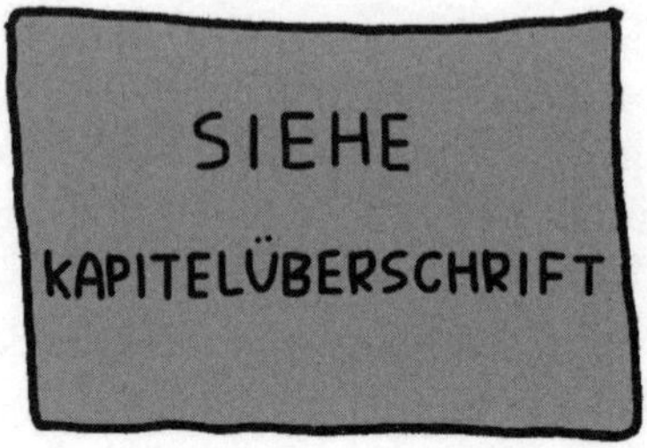

»Da steht nur das«, sagte Matthäus schulterzuckend.

Kapitel VI – Die Enzyklopädie

Mori – Memento. Geboren auf Seite siebzehn. Geburtsdatum unbekannt. Figur im Buch »In diesem Buch stirbt jeder«. Warnt andere Personen der Handlung vor zu erwartenden Gefahren. Eben daraus leitet sich sein Name ab, der aus dem Lateinischen als »Sei dir der Sterblichkeit bewusst« übersetzt werden kann. Memento Mori reiste durch unzählige Bücher und Zeiten. Er half Münchhausen aus dem Sumpf (was später Gegenstand Tausender Legenden wurde); er leitete die Notoperation am Bauch des Wolfes zur Befreiung Rotkäppchens, der Großmutter und des Jägers; über Jahre hinweg half er heimlich Robinson Crusoe, Kapitän Nemo, dem Grafen von Monte Christo und vielen anderen. Memento Mori hat die Fähigkeit, den Text zu lesen, der um ihn herum geschrieben steht, und in ihm zu reisen. Seine Meinung ist, dass der Absatz umso einprägsamer ist, je weiser und scharfsinniger die Sätze sind, mit denen er endet – was man von diesem Absatz leider nicht gerade behaupten kann.

Matthäus – Pseudodetektiv. Figur im Buch »In diesem Buch stirbt jeder«. Zeichnet sich durch sinnlose Ideen aus. Glaubt zum Beispiel, dass eine Turbulenzzone der beste Ort ist, um eine Religion zu wählen. Dass man sich sinnloses Hin- und Herüberlegen erspart, indem man sich lieber in einen Menschen verliebt, der frühestens in sechs Monaten Geburtstag hat. Oder, dass als Kontrast zum Repertoire der Rapper das Repertoire von Rockern »Rockertoire« heißen müsste, und so weiter. Matthäus hasst alle Schriftsteller, die im Voraus mit solchen Aussagen spoilern: »Sie konnten nicht ahnen, dass das ihre letzte Begegnung sein würde«, oder: »Als Josef erwachte, ahnte er noch nicht, dass er an jenem Tag sterben würde.« Wenn er ähnliche Aussagen gemocht hätte, wäre er am Ende des Buches vielleicht gerettet worden.

Scherz beiseite.

Oder auch nicht.

Lea – Tochter Labans. Schwester von Rahel.

Kapitel VII – Kapitel neunundzwanzig

16. Laban hatte zwei Töchter; die ältere hieß Lea, die jüngere Rahel.
17. Die Augen Leas waren matt, Rahel aber war von schöner Gestalt und von schönem Aussehen.
18. Jakob hatte Rahel lieb, und so sagte er: Ich will dir um die jüngere Tochter Rahel sieben Jahre dienen.
19. Laban entgegnete: Es ist besser, ich gebe sie dir als einem anderen. Bleib bei mir!
20. Jakob diente also um Rahel sieben Jahre. Weil er sie liebte, kamen sie ihm wie wenige Tage vor.
21. Dann aber sagte Jakob zu Laban: Gib mir jetzt meine Frau; denn meine Zeit ist um, und ich will nun zu ihr gehen.
22. Da ließ Laban alle Männer des Ortes zusammenkommen und bereitete ein Festmahl.
23. Am Abend nahm er aber seine Tochter Lea, führte sie zu ihm, und Jakob kam zu ihr.[43]
24. Und statt der Frau traf er im Zimmer einen Mann an. Der Mann sprach zu ihm: Mein Name ist Memento Mori.
25. Jakob sprach zu Memento Mori: Was wünschst du?
26. Memento Mori sprach zu Jakob: Ich möchte Lea zurückholen. Du musst nicht unbedingt siebenundachtzig Kinder haben.
27. Jakob sprach zu Memento Mori: Nimm Lea mit. Ich liebe Rahel.
28. Lea kam herein, und Memento Mori stutzte. Das war nicht seine Lea.

---

43 *16–23* – Dieser Teil des Alten Testaments ist aus der revidierten Einheitsübersetzung 2016 der Katholischen Kirche übernommen; diese Fußnote wird nur geliefert, weil im selben Buch folgende Worte geschrieben stehen: »Du sollst nicht stehlen.«

29. Memento Mori sprach zu Jakob: Bitte verzeiht mir. Auch mich hat man bitter betrogen … Es wäre gut, wenn Ihr diese Episode nicht in die Bibel brächtet.
30. Jakob sprach: In welche Bibel?
31. Memento Mori sprach zu Jakob: Und bringt auch nicht hinein, wer wen geboren hat. Niemanden interessiert der Stammbaum von Leuten, die vor fünfhunderttausend Jahren gelebt haben. Die Kapitel liest sowieso keiner … Nimm Rahel und hüte dich vor Josef.
32. Jakob sprach zu Memento Mori: Welcher Josef? Was mischst du dich in meine Zukunft ein?
33. Memento Mori war schon nicht mehr da.

Kapitel VIII – Der Planet des Kleinen Prinzen

B 612 war vollkommen verlassen. Überall hatten sich Affenbrotbäume ausgebreitet, die Oberfläche des Planeten war mit Vulkanasche bedeckt. An einer Stelle befand sich eine Glasglocke, unter der verwelkte Rosenblätter lagen.

»Warum sind wir hierhergekommen?« Matthäus hatte das gleiche Gefühl wie bei der letzten Folge von »Friends«.

»Ich hab damit nichts zu tun«, sagte Memento Mori verwirrt, »möglicherweise hat der Autor nur deshalb beschlossen, diese Szene einzufügen, damit er bei der Veröffentlichung des Romans behaupten kann, die Figuren würden zum Planeten des Kleinen Prinzen reisen. Es gibt unzählige Leute, die das Buch nur deswegen kaufen werden.«

»Und in Wirklichkeit finden sie einen zerstörten Planeten vor.«

»Was soll's! Ich hab getan, was ich konnte, aber das Schlangengift war zu stark.« Memento Mori machte allerdings keinen traurigen Eindruck. »Vielleicht war es sogar besser so, denn der Kleine Prinz würde im Laufe der Jahre groß und vergäße die Zeit, als er ein Kind war.«

Einige Zeit schwiegen sie. Die auf dem Planeten herrschende Stille wurde nur von der unsterblichen Musik John Cages gestört.

»Und Lea? Er hat sie doch nicht etwa getötet?« Matthäus stellte die von beiden gefürchtete Frage.

»Ich glaub nicht, dass er das riskieren würde.«

»Warum?«

»Dann würden die LeserInnen sagen, er sei misogyn. Es habe sowieso nur eine Frau im Buch gegeben, und selbst die konnte er nicht bis zum Ende ertragen.«

»Und wenn er sie nicht wiederauftauchen lässt? Vielleicht sollte man bedenken, dass die LeserInnen nicht erfahren sollen, ob sie am Leben ist oder nicht. So wie bei dem Tier von Erwin Schrödinger … welches das auch gewesen sein mag …«

»Keine Ahnung. Warum würde er dann Hinweise hinterlassen?«

»Jetzt haben wir nicht mal mehr einen Hinweis.«

»Vielleicht ist das ein Hinweis darauf, dass wir keinen Hinweis mehr haben?«

»Ja. Bravo! Jetzt kommt Licht in die Sache …«

Da der Dialog nun schon über viele Sätze lief, ohne dass einer merkte, wer welchen Satz sagte, mussten die LeserInnen auch ein bisschen auf die Rednerabfolge achten – man musste ab »Matthäus stellte die von beiden gefürchtete Frage« zählen.

»Wir müssen was tun. Wir können nicht sinnlos herumsetzen.«

»Erstens: herumsitzen. Und zweitens: gute Idee.«

»Hä?«

»Was, hä? Es sind nur noch zwei Figuren im Roman übrig. Wenn wir verstummen und tatenlos herumsitzen, wird der Autor das nächste Kapitel über Lea verfassen müssen. Auf diese Weise werden wir zumindest ihren Aufenthaltsort herausfinden.«

Etwas Klügeres als das fiel Matthäus nicht ein, deshalb setzten sie sich einfach unter einen der Affenbrotbäume und genossen den Sonnenuntergang.

Kapitel IX – Die vierzig Geheimnisse des Selbstmords

Atticus stellte gern Verschwörungstheorien auf. Seiner Meinung nach war zum Beispiel der Weihnachtsmann hauptsächlich deshalb erfunden worden, um Kinder von klein auf an die Existenz Gottes und an Gehorsam zu gewöhnen. Für die Erwachsenen war Gott ja auch nichts anderes als der Weihnachtsmann – ein bärtiges Wesen, welches niemand je irgendwo außerhalb von Filmen gesehen hat und welches einem Wünsche nur dann erfüllt, wenn man sich gut benimmt und sich nichts zuschulden kommen lässt. Und sowieso wunderte sich Atticus, dass die Großen die Naivität der Kleinen hinsichtlich des Glaubens an den Weihnachtsmann immer belächelten, sich selbst jedoch gegenseitig im Namen Gottes abschlachteten. Er versuchte schließlich, diese Theorien als anthropologische Fakten zu behandeln und bestenfalls eine Korrelation zu entdecken, die dann später unter seinem Namen bekannt werden würde: »Wenn es um sie selbst geht, neigen Menschen eher zu Pessimismus als Optimismus. Nun, zum Beispiel: Wenn sich die Geschichte verbreiten würde, in der Stadt N. sei ein Jugendlicher im Meer ertrunken, und unser Kind machte gerade dort Urlaub, würden wir es unverzüglich anrufen. Gewänne jedoch in der gleichen Stadt irgendein junger Urlauber eine Million, ist die Wahrscheinlichkeit relativ gering, dass wir denken, es sei unser Kind«, räsonierte Atticus. »Ist ein Mensch gestorben, fragt jeder als Erstes nach der Todesursache und versucht damit unbewusst herauszufinden, ob ihm selbst die gleiche Gefahr droht oder nicht …« Natürlich war weder diese Beobachtung perfekt noch das Beispiel, und überhaupt wird aufgrund dieser Beobachtung keiner irgendwas irgendwie nennen, aber Atticus war trotzdem zufrieden, denn ein idealer Mensch braucht wenig zum Glücklichsein.

Ein Jammer, dass Atticus trotz allem sterben musste. Die Emotionen der Leser könnte man in einer idealen Welt auf anderem Wege intensivieren als durch die Ermordung der Figuren, doch zu seinem Pech war Atticus in diesem Fall zwar selbst ideal, die Welt jedoch nicht. Damit ihm angemessene Emotionen entgegengebracht würden, musste er sich natürlich erst das Wohlwollen der Leser verdienen … »Irgendwie muss ich es schaffen, ideal zu wirken und viele Pluszeichen in ihre Augen zu schreiben«, dachte Atticus und streichelte aufrichtig lächelnd eine aus dem Nichts aufgetauchte Katze. Tiere mochte er sehr (+). Natürlich verstanden Menschen unter Tierliebe oft die Liebe zu Fleisch, doch Atticus versuchte, die Idee des universellen Vegetarismus Fleisch werden zu lassen (+), und wenn er nicht gerade an die Schritte dachte, die man in Richtung Eindämmung der globalen Erwärmung unternehmen müsste (+), setzte er die Arbeit an einem groß angelegten Plan zur Tierrettung fort (+). Schließlich stellte er fest, dass sich die Menschen wegen der globalen Erwärmung nicht heiß machten, und wandte sich stattdessen regionalen Problemen zu: Er kämpfte gegen Gender-Stereotype in der Werbung. Sein Ziel war die Ausrottung der Ansicht, dass Waschmaschinen, Bügeleisen und andere Küchengeräte Geschenke für Frauen sind (+). Er rauchte nicht (+). Er trank nur in Maßen (+). Wenn einer seiner Freunde auf einem Bild schlecht aussah, postete er es nicht ohne dessen Einverständnis (+). Er äußerte seine Meinung nur zu Fragen, in denen er über reales Wissen verfügte, und er war nicht auf allen Gebieten Experte, vom Kampf gegen Terrorismus bis zum überlebenswichtigen, einzig richtigen Modell für die Rettung der Weltwirtschaft, hatte er – um ehrlich zu sein – keine Ahnung (+). Wenn er mit Menschen sprach, hörte er wirklich zu (+), er hängte nicht an jedes Satzende eine Geschichte über sich selbst à la »Dabei fällt mir ein …« an (+). Und er besaß noch einige andere Pluspunkte mehr (+) – sein einziger Makel war seine Makellosigkeit. Genauer gesagt dachte er nur, er sei unfehlbar, weil im zweiten Absatz der hundertneunzigsten Seite seiner zweihundertfünfzigseitigen Bedienungsanleitung Folgendes stand: »... obwohl Idealität auch etwas langweilig ist. Manchmal verursacht sie sogar Depressionen. Das Leben macht ja in Wirklichkeit deswegen Spaß, weil Menschen nicht perfekt sind und auch mal ihre selbst ausgedachten kleinen Regeln verletzen. Derjenige jedoch, dem derartige Freuden fehlen, kann schnell den Lebenswillen verlieren ...«, und deshalb hatte Dostojewski bei der Erschaffung von Atticus auch festgelegt, dass dieser niemals Selbstmord begehen konnte.

Erst nach drei Selbstmordversuchen merkte er, dass alles gar nicht so ideal war, wie er gedacht hatte. Sein Problem lösten weder Pillen noch eine Kugel. Als er daraufhin in einen Fluss sprang, stellte er fest, dass er unter Wasser atmen konnte. Weder Tricks noch Kraft halfen. In seiner Hand wurden alle Messer stumpf, als wären sie aus einem Restaurant ... Schließlich erreichten seine Selbstmordversuche künstlerisches Niveau; er errichtete ein großes loderndes Feuer aus den Büchern Hemingways, Woolfs, Zweigs, Londons und anderer Selbstmörder, doch auch das entpuppte sich als sinnloses Unterfangen. Dann versuchte er es mit Äquilibristik. Er lief ohne Sicherung auf einem gespannten Seil über einen großen Canyon, hielt aber so ideal die Balance, dass er nicht herunterfiel. Weder konnte es ihm etwas anhaben, Fan des AC Milan und von Manchester United zu sein, noch, Musil ins Hindi zu übersetzen ... Atticus verlor allmählich die Geduld. Wenn man in fast allem ideal ist, kommt der Wunsch in einem auf, in absolut allem ideal zu sein.

Doch umbringen konnte er sich nicht.

Kapitel X – Das Geständnis des Autors

»Verdammt!« Memento Mori hatte die sinnlose Herumsitzerei bald satt. »Was machen wir denn jetzt?«

»Ich glaube, ich habe die vorletzte Koordinate herausgefunden.« Matthäus hatte die Pause sinnvoller genutzt. Ihm war beim siebenundvierzigsten Sonnenuntergang ein Licht aufgegangen, und jetzt wartete er nur auf die Bestätigung Memento Moris. »In dem Kapitel … mit den Werbeanzeigen … In fast jeder gab es eine Zahl … Und da habe ich gedacht, deren Summe könnte der gesuchte Teil der Koordinate sein.«

»Oh, wie mich das Vor- und Zurückgehen in diesem Buch nervt«, seufzte Memento Mori theatralisch und versuchte, die wegen der Glaubhaftigkeit von Matthäus' Idee geweckte Freude zu verbergen, »ich mach mich auf den Weg, das muss ja schließlich überprüft werden …«

Einige Sekunden nach Memento Moris Verschwinden waren Schritte zu hören.

»Wie hast du das so schnell herausgefunden?« Matthäus sah sich erstaunt um.

Es war nicht Memento Mori.

Matthäus fühlte, wie sein Herz einen Sprung machte und Blut mit Macht in seine Adern schoss.

»Aloha!« Lea winkte, und dem jungen Mann schien es, als lächle sie sogar warmherzig. »Ich glaube, ihr habt mich vermisst …«

»Der Autor hat sich als weniger gefährlich entpuppt, als ich dachte. Er ist ein normaler Typ. Er hat mir verraten, er habe mich nur deshalb entführt, um die Reise durch verschiedene Genres zu rechtfertigen, und habe Professor Arno draufgehen lassen, da es ihn gelangweilt habe, Dialoge für vier Figuren zu schreiben«, fing

Lea nach Memento Moris Rückkehr an zu erzählen. »Er jammerte ständig, er wolle bei diesem Buch einfach nur Spaß haben, lege den Schwerpunkt auf Form statt Inhalt und habe nichts Ernsthaftes zu sagen. Aufgrund dessen, befürchtet er, könnten die Leute sagen, das vorige sei viel besser gewesen als dieses und was das denn eigentlich solle, ob er in drei Jahren nichts Besseres zustande bringen konnte? Manchmal, wenn er sich eure Erlebnisse ausdachte, fragte er mich, wie glaubwürdig es sei oder ob nicht etwa überflüssig, ob nicht sinnloses Blabla herausgekommen sei … Am Ende ging mir sein endloses Gejammer so auf den Geist, dass ich eines Tages, als er auf Arbeit war, den Anfang dieses Kapitels selbst geschrieben habe, um zurückzukommen …«

»Das heißt, die Zahlen auf den Werbeanzeigen zusammenzurechnen war deine Idee?« Matthäus war ein wenig enttäuscht.

»Ja. Ich hatte mehr Zeit zum Nachdenken, nachdem du den Autor um eine Taube gebeten hattest.«

»Das hast du auch gelesen?« Matthäus wünschte, die Erde würde sich auftun und ihn verschlingen, befürchtete aber auch gleich, in einem idiotischen Buch wie diesem geschähe das womöglich tatsächlich, und überlegte es sich deshalb sofort anders.

»Nicht nur das. Die Überschrift ›Nein!‹ ist auch von mir«, sagte Lea, und Matthäus schien es, als lächelte sie erneut warmherzig.

»Ihr habt wohl vergessen, dass wir die Welt retten müssen«, störte Memento Mori die Idylle und zeigte ihnen den Koordinatenzettel noch einmal, »außerdem vertrau ich nicht auf die Gnade von ›Weniger gefährlichen, normalen Typen‹-Autoren. Von jemandem, der eine Figur nur deshalb um die Ecke

bringt, weil ihm das Dialogschreiben zu schwierig ist, hat man nichts Gutes zu erwarten … Also ist es Zeit zu gehen. Hast du in diesem Kapitel sonst noch etwas geändert außer dem Anfang?«

»Nicht so richtig«, sagte Lea enttäuscht. »Das Ende hab ich auch eingefügt, aber das tangiert uns nicht. Das lass ich für mich übrig.«

»Wie du willst.« Memento Mori bohrte nicht nach. Erstens drängte sich ihm der Gedanke auf, dass Lea sich davon moralisch unter Druck gesetzt fühlen könnte, und zweitens würde er das Ende des Kapitels auch ohne ihr Einverständnis lesen können. Er übernahm die Koordinaten des letzten Punktes in die Zeitmaschine und verschwand einige Sekunden später mit seinen Mitreisenden von dem Planeten.

Nach zweiundzwanzig Sonnenuntergängen erschien ein Kind auf dem Planeten. Mit grüner Kleidung und rotem Band. »Gut, dass die anstrengende Reise vorbei ist. Ich verstehe nicht, wie man diesen Ort gegen jenen riesigen gefährlichen Ball eintauschen kann«, sagte das Kind, »die Erwachsenen sind doch wirklich sonderbar …«

NIEMAND
MEIN GANZES LEBEN HABE ICH DAVON GETRÄUMT, EIN SUPERHELD ZU SEIN.
HULK
WHAT IF YOU'RE RIGHT AND THEY'RE WRONG?

WAS HAB ICH NICHT ALLES VERSUCHT ... ERST HAB ICH MICH VON ALLEN AMBITIONIERTEN INSEKTEN BEIßEN LASSEN.
DANN HAB ICH MIR ALLE AUFTRITTE VON TRUMP ANGESEHEN.
ICH HABE IN TAUSENDERLEI CHEMISCHEN MIXTUREN GEBADET.
VÖLLIG UMSONST ... DARUM HAB ICH BESCHLOSSEN, EIN SUPERHELD MIT KEINERLEI SUPERKRAFT ZU WERDEN ...
DER NIEMAND!!!
ICH HATTE EINE MENGE NICHTSUPERKRÄFTE!

WENN ICH VERSPRACH: „ICH BIN IN FÜNF MINUTEN DA", WAR ICH WIRKLICH IN FÜNF MINUTEN DA.
ICH KONNTE WIRKLICH MIT IHR BEFREUNDET BLEIBEN.
ICH MUSSTE NIE DIE SNOOZE-FUNKTION BENUTZEN.
09:00
STOP ALARM
SNOOZE
KURZ GESAGT HATTE ICH EIN SEHR ÖDES LEBEN, BIS ZU JENEM TAG …
MUTTI
VATER
ICH
RISON
REAK
ICH BIN SEGELOHREN-JOE. WENN DER AUTOR MICH BESSER GEZEICHNET HÄTTE, WÄRE ICH VIELLEICHT DER-SCHÖNE-JOE GEWORDEN.
ICH WERDE DEIN ERZFEIND SEIN.
DOCH VOR MEINEM ERSTEN SUPERHELDEN-KAMPF TAUCHTEN PLÖTZLICH DREI WEITERE PERSONEN AUF …
LAUF WEG …
… UND DANN SEHEN WIR WEITER.

DANN VERDECKTE EINER VON IHNEN SEGELOHREN-JOES SICHT MIT SPRECHBLASEN ...
BLA! BLA! BLA! BLA!
... DIE ANDEREN BEIDEN ZERSTÖRTEN DEN RAHMEN DES COMICS, UND WIR FLOHEN ...
GEMÄß DEM WILLEN DES AUTORS SOLL DER GRUND FÜR DIE MITNAHME DES NIEMAND DURCH MEMENTO MORI IN DER MODERNEN LITERATURGESCHICHTE FÜR IMMER VERBORGEN BLEIBEN.

Ein bisschen mehr über den Planeten Kyliejenn

Auf Kyliejenn sind Referenden sehr populär. Im ersten Referendum war es darum gegangen, festzustellen, ob alle brennenden Fragen per Referendum geklärt werden müssen oder nicht, und danach gab es für alles ein Referendum: ob man für kyliejenner Maßstäbe erfolglosen Kyliejennern verbieten sollte, sich auf der Erde als Genies auszugeben, ob man Teleportation für alle einführen sollte oder dies der Übergewichtigkeit unter der kyliejenner Bevölkerung Vorschub leisten würde, ob man bei Festen Feuerwerke und Beleuchtung im großen Stil verwenden sollte oder nicht, in der Hoffnung, dass die Erdlinge dies weiterhin für Nordlichter halten würden, und anderes.

Eines der denkwürdigsten Referenden in der Geschichte von Kyliejenn hatte es übrigens gegeben, als kyliejenner Wissenschaftler eine Formel für die genaue Vorhersage der Zukunft ausgearbeitet hatten. »Wollt ihr im Voraus euer ganzes Leben von der Geburt bis zum Tod inklusive jedes bedeutsamen Details wissen, um es im Ernstfall ändern zu können, oder nicht?« So war die auf den ersten Blick simple Frage des Referendums gewesen, auf die man spontan auch simple Antworten hätte haben müssen: »Natürlich!«, beziehungsweise: »Warum eigentlich nicht?«

Die Sache war aber anders verlaufen als erwartet. Nach Auszählung stand es genau fifty-fifty.

»Zukunft hat derjenige, der sie meistert«, sagte der eine Teil der Kyliejenner.

»Aber woher weiß man, dass man durch Änderungen unglückliche Umstände vermeidet? Vielleicht gibt es einen unglücklichen Umstand nur, damit man aus Angst vor ihm etwas ändert«, gab der zweite Teil zu bedenken. »Eine Gesellschaft, die nur in die Zukunft schaut, hat keine große Zukunft«, ergänzten sie.

Letztendlich scheiterte das Projekt. »Wir haben's ja gewusst!«, redeten sich die weissagenden Wissenschaftler ein und beschlossen, ihre Ideen lieber an Versuchserdlingen zu testen. Das Buch, in dem sie die Zukunft der Erde zu beschreiben planten, musste einerseits unzugänglich, andererseits greifbar sein … so etwas wie die Frucht vom Baum der Erkenntnis des Guten und Bösen …

Was bleibt?

Breite – (SPOILER[44])° 1′17″ N.
Länge – 125°44′0″ E.,
Jahr 2035[45]

»Wo sind wir?«

Sie standen auf einem großen, breiten Platz. Es regnete. Ungefähr so, wie es in der entscheidenden Szene in einem Thriller regnet. Ringsum waren alte Hochhäuser zu erkennen. Acht-, neun- oder sogar zehnstöckig, aber keiner hatte Zeit oder Lust oder gar einen Grund, die genaue Etagenanzahl zu zählen. Nicht mal der Autor des vorhergehenden Satzes, der viel mehr Zeit darauf verschwendet hatte, die Gründe für das Nichtzählen der Etagen aufzuzählen als er fürs Zählen selbst gebraucht hätte. Zumal es absolut unwichtig war. Wichtig war jenes dreiunddreißigstöckige Gebäude, welches zwischen den anderen Bauwerken errichtet worden war wie eine schlecht eingefügte

---

44 *Spoiler* – Falls ihr diesen Teil des Breitengrades nicht erraten könnt, findet ihr ihn auf dem Einband des Buches gespoilert. Aber seid vorsichtig, denn falls ihr den falschen Kreis abkratzt, könntet ihr auch Spoiler völlig anderer Bücher entdecken.

45 Geht auf https://www.gps-coordinates.net/, um die Koordinaten einzugeben.

Figur bei Tetris oder ein sanguinischer Giraffenhals zwischen cholerischen Alpakas.[46]

Eine Seite des Gebäudes war mit dem Porträt eines Leaders aus Mosaiksteinen verziert. Das Porträt durchbrachen vier Fenster. Zwei dort, wo die Augäpfel waren, und zwei anstelle der Nasenlöcher. In den Augen befand sich das Büro des Leaders, von wo aus er die ganze Stadt, oder zumindest einen Großteil davon, im Blick hatte. In den Nasenlöchern befanden sich die Karzer; ab und zu stürzten Feinde des kyliejenner Projekts aus den Fenstern. Die Leute nannten diesen Vorgang »Leaderschnupfen« oder »Niesen«. Meistens war den Fallenden nicht mal ein »Gesundheit!« vergönnt, allerdings hätten sie die beim Fallen aus zwanzig Etagen sowieso nicht mehr gebraucht.

»Wenn ich mich nicht irre, ist das ***SPOILER***«, sagte Memento Mori.

Er sollte recht behalten. Die kyliejenner Wissenschaftler hatten für ihr Experiment wahrlich den perfekten Ort ausgesucht. Bevor die Kommunikationskanäle gesäubert waren und die Welt globalisiert war, legten sie auf Tarnung kaum Wert. In diesem Zeit-

46 *ein sanguinischer Giraffenhals zwischen cholerischen Alpakas* – Die Temperamenttypen haben in diesem Satz keine Bedeutung. Die Alpakas auch nicht. Manchmal auch solche Vergleiche nicht. Generell hat nichts auf dieser Welt Bedeutung.

alter war das Gebiet mal Teil eines mächtigen Imperiums, mal ging es durch Kriegshandlungen in den Besitz eines Verbündeten über, mal war es komplett unabhängig. Später, als die Menschen zu neugierig wurden, beschlossen die Kyliejenner, die Grenzen zu ihrer eigenen Sicherheit zu schließen. »Die ganze Welt muss sich über uns lustig machen, dann wird uns niemand mehr ernst nehmen«, hieß es in der Anweisung, und die Kyliejenner setzten die ihnen zugedachte Rolle im Laufe der Jahre skrupellos um. Es war zwar schwer, einen Menschen zu spielen, der einen Armen spielt, der einen Reichen spielt, aber allmählich fand alles seine Ordnung. Erst recht, seit jede Leaderrolle auf der Erde von einem Kyliejenner besetzt war. Genauer gesagt einem Schauspieler, der die Rolle eines hiesigen Leaders spielte.

Sich absurde Gesetze auszudenken, war nicht mal schwer: Es war verboten, einem Leaderdenkmal den Rücken zuzukehren (weshalb Leute dem Fotografen den Rücken zuwandten, wenn sie vor dem Denkmal ein Foto von sich machen ließen); ohne Visum zur Sonne zu fliegen; Gott und den Leader im selben Satz zu erwähnen (denn das wäre eine Tautologie); Bücher zu lesen, wenn der Name des Autors nicht Kim war (eine Ausnahme bildete nur irgendein Roman von irgendeinem in alten Zeiten lebenden Rudyard Kipling); außerdem war es hochrangigen Beamten untersagt, an öffentlichen Plätzen die Augen zu schließen (außer im unvermeidlichen Fall eines Niesens) und vieles mehr. Die Gesetze traten allerdings erst dann in Kraft, wenn die »restliche Welt« davon erfahren musste, und zwar, indem irgendein Tourist von speziell eingesetzten Guides eine Information unter der Bedingung bekam, dass er darüber niemals etwas verraten durfte. Das war die unbedingte Garantie dafür, dass die Geschichte bei der erstbesten Gelegenheit auf die Erde gelangen würde.

Der Leader seufzte tief. Diese Rollenspiele hingen ihm mittlerweile zum Hals heraus. Auch er hatte sich eine Bedingung ausgedacht, vielleicht sollte er nicht sterben, sondern seinen Tod nur vorspielen und dann dem neuen Leader irgendeines Namens einen Stein an den Kopf schmeißen, überlegte er. Jedoch war ihm klar, dass die Kyliejenner Verrat niemals verzeihen würden. Seit er Leader war, musste er die ganze Welt glaubhaft davon überzeugen, dass hiesige Menschen in einer simulierten Realität lebten und nicht sie. Um die voraussichtliche Dauer des Experiments herauszufinden, beschloss der Leader, Nachrichten zu schauen. »Normalerweise sollte alles bald zu Ende sein«, dachte er, »die Welt wird ja immer verrückter.« Diese Art Schlussfolgerung zog der Leader tatsächlich. Wozu taugte schon die Bewegung der Postvegetarier – die nächste Generation nach den Vegetariern –, die bewiesen hatte, dass jegliche Nahrung eine Seele hatte und sie lieber verhungern würden, als diese auszumerzen. Die Reihen der Postvegetarierbewegung wurden Tag für Tag stärker, wurden mit dem selbstlosen Beistand der erfahrenen AktivistInnen jedoch auch Tag für Tag l(e)ichter. Nicht minder kämpften die Komitees für die Rettung der Weltsprachen: Aufgrund politischer Korrektheit wurde es nämlich immer schwieriger, sich Sätze auszudenken, die nicht die Interessen, Namen oder Werte irgendeiner Minderheit verletzten – seien es gewaltsam von Afrika nach Asien überführte männliche agnostische Affen, trotz vielen Essens nicht fett werdende Menschen, im Sternzeichen Fische geborene Zwillinge, im Schnee rennende Panther und vieles mehr. Deswegen erhoben die Leute aus Angst vor öffentlichem Cyber-Bullying wegen falscher Aussagen immer seltener die Stimme, und die Gefahr des Sprachensterbens wuchs Tag für Tag. Die Wissenschaftler waren, nachdem sie alles zu Ende gedacht hatten, arbeitslos und erfanden nun tausenderlei dummes Zeug. Zum Beispiel versuchten sie, Roboter herzustellen, die zukünftig Menschen herstellen sollen. Oder sie arbeiteten an virtueller Hölle und Paradies, was dazu führte, dass sie Gefängnis und Rentensystem vertauschen mussten. Es gab spezielle psychologische Kurse für Menschen, die auf der Straße ihren Kopf ans Handy kuschelten und beim Treffen mit Freunden den Wunsch entwickelten, sich zu unterhalten. Um Popularität in den sozialen Netzwerken zu erlangen, verbrachte der Präsident Amerikas einen Tag als Feuerwehrmann, einen als Polizist, einen als Maurer und so weiter – ihm blieb keine Zeit für die Präsidentschaft. Die Mehrheit der Menschen beklagte Zeitknappheit und schaute sich schlafend auf einen Spezialchip geladene Serien als Träume an … Eine Nachrichtensendung berichtete von den beiden neuesten Skandalen: Erstens hatten die Menschen das durch die Kyliejenner etablierte sehr erfolgreiche Überwachungssystem dechiffriert – die Katzen. Alle Katzen auf der Erde waren in Wirklichkeit versteckte Kameras, von denen der Großteil von den Menschen freiwillig ins Haus geholt worden war. Natürlich hatte keiner die Kyliejenner verdächtigt, denn keiner ahnte überhaupt etwas von deren Existenz. Der Zusammenbruch der jahrhundertelang bewährten Methode stellte sich jedoch als wahrlich problematisch heraus. Der zweite Skandal betraf die Werbewelt. Ein Journalist hatte eine Kreativagentur enttarnt, die ein ganzes Land in Afrika erfunden und zusammen mit eigens engagierten Schauspielern verschiedene Kampagnen durchgeführt hatte, um Werbeawards zu gewinnen. Sie hatten gut situierte TouristInnen belogen, um eine pummelige Löwenpopulation zu retten, und Vertreter eines pseudoprimitiven Stammes gelehrt, mittels Emojis Kontakt mit der Außenwelt aufzunehmen.

»Hat es überhaupt Sinn, so eine Welt zu retten?«, dachte der Leader, und während er zur Ablenkung über ein absurdes Gesetz nachzudenken begann, trat jemand die Bürotür ein. Die Tür war zwar nicht abgeschlossen gewesen, und Memento Mori hätte natürlich auch auf normale Art hereinkommen können, aber seiner Meinung nach verlieh das Türeintreten der letzten Szene das gewisse Etwas an Intensität.

»Wer sind Sie? Und wie sind Sie hierhergekommen?«, fragte der Leader verwirrt. In der Regel musste man zum Erreichen des Büros einige Sicherheitskontrollen durchlaufen, doch als er neben den drei Menschen den gezeichneten Superhelden erspähte, begriff er, dass hier etwas Ungewöhnliches vonstattenging.

»Wir suchen jenes Buch, in dem die Zukunft der Menschheit beschrieben ist. Wir lassen keinerlei Apokalypse zu.« Memento Mori wollte die Zeit der Leser sparen und kam sofort zur Sache.

Der Leader selbst würde keine Apokalypse zulassen, zumindest nicht ohne Anordnung der kyliejenner Wissenschaftler. »Selbst unter Folter werde ich nicht verraten, dass sowohl das Buch als auch der Knopf nur dann sichtbar werden, wenn man ›Inferno‹ sagt«, dachte der Leader, stolz auf seinen Mut, doch er hatte keine Ahnung von Memento Moris Superkräften. Als er eine Ahnung davon bekam, war es schon zu spät.

»Inferno!«, sagte Memento Mori mit fester Stimme, und sogleich öffnete sich hinter ihnen in der Wand ein geheimer Spalt.

»Nach Wissen über die eigene Zukunft zu streben, ist immer fatal«, konnte der Leader noch hinzufügen. »Ihr könnt in diesem Büro alles haben außer das Buch. Wenn ihr das Buch aufschlagt, muss die Menschheit auf einem leeren weißen Blatt von vorn anfangen …«[47]

47 Das perfekte Ende gibt es nicht. Manche glauben, dass das Happy End der sicherste Ausweg sei, manche das Gegenteil – wenn das Buch nicht glücklich zu Ende gegangen ist, schlägt man es nicht noch mal auf. Manchen wird nicht gefallen, wenn man alles vollständig aufklärt – den Lesern sei nichts zum Nachdenken überlassen worden. Lässt man es hingegen offen wird man kritisiert, was man damit denn sagen wolle. Deswegen wird das Buch zwei Finale bekommen. Die Anweisung ist einfach: Lasst das drin, das euch gefällt, das andere schneidet einfach raus.

***

Der Wecker klingelte genau um vier Uhr und dreiunddreißig Minuten.

»Noch fünf Minuten, und ich st…«, hob der Tod an, wurde sich jedoch in der Satzmitte seiner Pflicht bewusst und stand bis zum Ende der Aussage auf. Noch einen Fehler konnte er sich nicht erlauben. Er stellte den Wecker aus, hüllte sich in seinen Umhang und setzte sich genau dann vor den Atropos, als sich im Büro des Leaders der geheime Raum öffnete. Im selben Moment entstand eine Parallelhandlung, denn Memento Mori konnte sich nicht an beiden Orten gleichzeitig aufhalten.

Die Anweisung war sehr simpel. Der Tod gähnte. Er genoss die letzten verbleibenden Sekunden bis zu seinem Urlaub. Die Menschheit hatte ihn mit ihren Ambitionen schon sehr, sehr, sehr erschöpft. »Bevor alles von vorn beginnt, werde ich erst mal ordentlich ausschlafen«, dachte er. Die Kyliejenner hatten ihm versprochen, nur noch ein einziges Mal ihr Glück zu versuchen und, falls sie das ideale Modell der Erdentwicklung nicht fänden, das Projekt ganz abzubrechen. »Einmal muss ich es noch ertragen«, versuchte sich der Tod zu motivieren, »noch ein letzter großer Zyklus …« Bis sie anfingen, aus den ersten Zellen lebende Organismen herzustellen, war noch viel

Vorsichtig nahm Memento Mori das Buch und schlug es direkt auf der letzten Seite auf. Da stand ein einziger Satz: »Drück nicht auf den roten Knopf.«

»Und Schluss?«, dachte Memento Mori verwundert. »Wir haben fast zweihundert Seiten nur dafür hinter uns gebracht, den Knopf nicht zu drücken? Sollen wir umkehren und darauf warten, dass ein Irrer, der aufs Leben wütend ist, eines Tages auf die Idee kommt, die Welt in die Luft zu jagen?«

Lange musste Memento Mori jedoch nicht warten. Ehe er gegen die von dieser Banalität hervorgerufene Ernüchterung ankämpfen musste, erschien Atticus auf der Türschwelle. »Ich bringe mich trotzdem um,

Zeit. Viele, viele Jahrtausende. Eine Million Jahre Urlaub. »Verweile doch«, murmelte der Tod, »du bist so schön!«
Am Atropos leuchtete ein rotes Lämpchen auf. Es schlug fünf. »Hasta la vista«, dachte er, markierte alle Unterordner auf einmal und drückte zum Zwecke des totalen Neuanfangs mit dem Zeigefingerknochen auf Delete.

selbst wenn ich die ganze Welt dafür in die Luft jagen muss«, verkündete Atticus inbrünstig, durchquerte den Raum und drückte, bevor Memento Mori sich fragen konnte, welch eigenartigen Humor ideale Menschen doch haben können, und Lea, wann der Autor denn endlich Matthäus klarmache, dass auch sie sich in ihn verliebt habe, ohne zu zögern auf den roten Knopf.
»Houston«, sagte Memento Mori und schloss das Buch, »ich glaube, wir haben ein Problem.«

… Und dann gab es eine Explosion:
den Urknall.

***

Das Buch hatte tausend Seiten und enthielt einen einzigen Satz: »Drück nicht auf den roten Knopf!«

»Wenn von Anfang an nur das nötig war, um die Apokalypse zu verhindern, denke ich nicht, dass einer von uns sich einmischen muss«, sagte Matthäus. »Wenn es trotzdem jemand versuchen will, dann nur über meine Leiche.«

»Wenn du nur nicht immer diese blöden Filme gucken würdest!« Memento Mori schüttelte den Kopf. Er glaubte nicht daran, dass alles nur mit dem Nichtdrücken des Knopfes zu Ende sein könnte.

Es war auch nicht zu Ende.

Gerade als die im Raum Befindlichen gegen die von dieser Banalität hervorgerufene Ernüchterung ankämpfen mussten, und Atticus erschien auf der Schwelle.

»Ich bringe mich trotzdem um, selbst wenn ich die ganze Welt dafür in die Luft jagen muss!« Atticus warf einen Blick auf den roten Knopf, und da er Zeit seines Lebens nicht weniger blöde Filme als Matthäus geguckt hatte, vermutete er sogleich, dass dieser Knopfdruck am Ende des Buches irgendeine Katastrophe auslösen würde.

– In NIEMANDS Stimme schwang Strenge!

– ergänzte er sofort.

Obwohl das Problem ja war, dass Atticus genau das wollte: sterben.

Und Memento Mori wurde klar, dass, selbst wenn alle Kyliejenner den roten Knopf beschützen würden, sie die ideale Figur trotzdem nicht würden stoppen könnten.

»Ich weiß, was zu tun ist«, flüsterte er Matthäus zu. »Ich muss los. Und ihr versucht ihn aufzuhalten. Ich brauche Zeit. Ich muss auf die ersten Seiten zurück.«

»Wie soll ich den aufhalten?«, fragte Matthäus verwirrt.

»Was weiß ich, bring ihn dazu zu erzählen, wie er aufgewachsen ist. Welche Psychotraumata er aus der Kindheit davongetragen hatte. Welche Lieblingsfarbe er hat. Wo er sich in fünf Jahren sieht. Bitte ihn, dich bei seiner Mutti anrufen zu lassen … Kurzum, denk dir was aus. In der Zwischenzeit schaffe ich es, zwanzig Seiten durchzugehen.«

Und Memento Mori verschwand.

»Atticus«, hob Matthäus an, »du bist der ideale Mensch, und ein idealer Mensch sollte zugeben können, nicht ideal zu sein. Ich verstehe, du bist jetzt in Schwierigkeiten, aber so ist eben die Welt – wenn du Spuren hinterlassen willst, musst du erst mal durch Schlamm waten. Du kannst nicht einfach die Menschheit vernichten, nur weil du nachts schlecht geträumt hast oder dein Essen versalzen war. Wir gehen ohnehin Schritt für Schritt aufs Ende zu. Mit unserer Achtlosigkeit zerstören wir über Jahre aufgebaute Beziehungen und bauen vielstöckige Gebäude, nur, um den eigenen Kindern den Himmel zu nehmen – die größte Erfindung auf dieser Welt. Wir kaufen immerfort Autos, die wir weniger brauchen als die Luft zum Atmen, und wir glauben, die Bemühungen eines Menschen würden nichts ändern. Wir wissen, dass man so leben muss, als ob jeder Tag unser letzter wäre, aber wir leben so, als ob es der letzte Tag der Welt wäre, und scheren uns nicht mehr um die

Umwelt. Es ist egal, ob man heute den Knopf drückt oder in ein paar Jahren, die Vernichtung ist trotzdem unabwendbar. Es ist nur so: Wenn man es jetzt nicht tut, bleibt uns immerhin die Chance, uns noch einige Sekunden länger an einer Welt zu erfreuen, in der man immer noch einen Menschen finden kann, der …«

»Also, du kannst dich ja an den Sekunden erfreuen, die ich brauchen werde, um von hier zum Knopf zu kommen«, sagte Atticus, lächelte, beförderte diesen NIEMAND mit einem Schlag aus dem Weg und näherte sich dem Knopf.

»Vielleicht möchtest du uns erst mal etwas von deiner Kindheit erzählen?«

Aber es war schon zu spät. Atticus drückte auf den Knopf …

… Der Tod hängte den Umhang über den elektrischen Stuhl und grübelte über den langersehnten Urlaub nach. Den hätte er schon viel früher verdient gehabt. Viele Millionen Jahre waren vergangen, nicht einen Tag hatte er pausiert. »Was hat ER schon auszustehen! ER kann sich wenigstens sonntags ausruhen«, murmelte er und bemerkte jemanden im Dunkeln. Halluzinationen hatten ihm gerade noch gefehlt! Er rieb sich mit den Fingerknochenn die Augenhöhlen und schaute genauer hin. Es war niemand zu sehen, denn Memento Mori hatte sich rechtzeitig verstecken können. Jetzt musste er einfach warten, bis der Tod eingeschlafen war, dann konnte er den Wecker ausschalten …

… Und dann gab es kein Bumm! Es gab gar nichts. Atticus schrie vor Hilflosigkeit und entschwand direkt aus dem Fenster.

Hätte in jenem Moment irgendein Kyliejenner vor dem Haus gestanden, hätte er gesehen, wie ein tränenförmiger Körper aus dem Mosaikporträt des Leaders fiel, fünfundzwanzig Stockwerke tief, und wie er schnell wieder aufstand – zu einem einzigen Zweck: Er wollte in ein besseres Buch schlüpfen, eine Familie gründen, zwei Kinder haben und auf einem leeren weißen Blatt von vorn beginnen …

***

»Die Katastrophe wurde zwar aufgehalten, die Gefahr ist aber trotzdem nicht abgewendet«, bemerkte Matthäus.

»Klar«, antwortete Memento Mori. Sie standen wieder in Leas Wohnung, wo ihre Reise begonnen hatte. »Aber in einen Roman, der in wenigen Absätzen zu Ende ist, sollte der Autor es schwerlich schaffen. Lebt in Frieden weiter. Es kann euch kein Großer Bruder beobachten.«

»Und du?« Lea hielt die Tränen zurück, denn beim Abschied zu weinen, war viel zu banal.

»Hm. Es sind so viele Bücher und so viel Zeit. Es gibt Tausende Figuren zu retten …«

… sprach Memento Mori und verschwand. Ohne sich zu verabschieden. Wie Holden Caulfield. Wie Griffin. Oder wie die Grinsekatze. Er konnte sentimentale Szenen nicht ausstehen und vergaß auf die Schnelle zu sagen, dass er Lea und Matthäus in ihrem zukünftigen gemeinsamen Leben nicht wiedersehen würde, er warnte den NIEMAND nicht davor, dass es sich nicht lohnte, in den Comic zurückzukehren, weil der Segelohren-Joe gleich in der ersten Illustration in einen Hinterhalt geraten würde, und er verriet Matthäus somit auch nicht, dass der Autor ein gemeinsames Leben mit Lea erwähnt hatte, deshalb war das Einzige, was Matthäus sagte, Folgendes: »Einen Moment. Was sollen wir denn jetzt mit dem gezeichneten Menschen machen?«

***

Der Tod wachte um elf Uhr neunundfünfzig auf. Er hatte schon lange nicht mehr so gut geschlafen. Ihm war klar, dass er den Zorn der Kyliejenner sowieso nicht überleben würde. Deshalb drehte er sich, solange ihm noch Zeit blieb, auf die andere Seite und schlief weiter.

Am darauffolgenden Tag starb niemand.

Glossar

Es gibt einfach zu viele Anspielungen in diesem Buch, deshalb ist es schwierig, ein Glossar zu erstellen. Aber wenn euch etwas besonders interessiert oder ihr Fragen habt, schreibt dem Autor einfach eine E-Mail: Badamashvili@gmail.com.

Beka Adamaschwili

Bestseller

Aus dem Georgischen von Sybilla Heinze

Pierre Sonnage, ein erfolgloser Schriftsteller, sieht seine einzige Chance auf Ruhm im Selbstmord und springt von einem Wolkenkratzer. Doch statt im Bestsellerhimmel landet er in der Literatenhölle. Hier trifft er auf viele namhafte Schriftsteller und muss sich Rätseln stellen, so verschlüsselt, wie er sie nur aus seinen eigenen Romanen kennt. Eine irrwitzige Reise beginnt.

»Beka Adamaschwili hat einen genialen Roman verfasst: witzig, klug, überraschend, unterhaltend.«

(Jörg Pinnow, literaturkurier)

Roman
176 Seiten, gebunden
ISBN 978-3-86391-183-6
Euro 18,00 (D)
Auch als E-Book erhältlich

Ziemowit Szczerek

Sieben. Das Buch der polnischen Dämonen

Aus dem Polnischen von Thomas Weiler

Paweł, Journalist bei einem auf Fake News spezialisierten Internetportal, fährt mit einem alten Vectra auf der berühmten Landesstraße Nr. 7 von Krakau in Richtung Warschau. Unterwegs trifft Paweł auf zwielichtige Gestalten und Orte, auf Nationalismus, Chauvinismus und Größenwahn – jene Dämonen, die nicht nur in Polen ihr Unwesen treiben …

»Das Buch ist rasant, überdreht, absurd, gespickt mit literarischen und filmischen Verweisen, Eskapadenin die Popkultur, gedanklichen Spielen mit Stereotypen verschiedener Art, Reflexionen über nationale Komplexe, Träume und Phantasien.«

(Marta Kijowska, Frankfurter Allgemeine Zeitung)

Roman
272 Seiten, gebunden
ISBN 978-3-86391-239-0
Euro 22,00 (D)
Auch als E-Book erhältlich

Ziemowit Szczerek

Mordor kommt und frisst uns auf

Aus dem Polnischen von Thomas Weiler

Ein Gonzo-Roman über Backpacker auf der Suche nach Hardcore und Abenteuer im »Wilden Osten«, inspiriert von Jack Kerouac und Hunter S. Thompsons *Fear and Loathing in Las Vegas.*

»Das Buch ist literarisch eine Freude, intellektuell ein Vergnügen und obendrein erfährt der Leser vieles über jenen Osten Europas, der nach dem Fall des Eisernen Vorhangs hinter einer Mauer aus Klischees und Projektionen verschwand.«

(Jens Bisky, Süddeutsche Zeitung)

Roman
240 Seiten, gebunden
ISBN 978-3-86391-172-0
Euro 20,00 (D)
Auch als E-Book erhältlich

Svetlana Lavochkina

Puschkins Erben

Aus dem Englischen von Diana Feuerbach

Sommer 1820: Der berühmte Dichter Alexander Puschkin reist auf seinem Weg in die Verbannung durch das ukrainische Nest Zaporoschje und hinterlässt dort ungeahnte Spuren.

150 Jahre später versammelt sich die jüdische Familie Katz zur Silvesterfeier, und hinter verschlossenen Türen wird geflüstert: Die Familie stammt von Puschkin ab, ganz sicher! Eine dunkel schillernde Familiensaga von verschrobenen Träumern, von unterdrückten Sehnsüchten, inniger Literaturverehrung und trotziger Selbstbehauptung angesichts einer profanen sowjetischen Realität.

»Ein hinreißender Roman.«

(Niels Beintker, Bayern 2 Diwan)

Roman
368 Seiten, gebunden
ISBN 978-3-86391-242-0
Euro 24,00 (D)
Auch als E-Book erhältlich

Benedikt Feiten

So oder so ist das Leben

Der große Anton Lobmeier raucht eigentlich nur noch aus einem Grund. Er raucht, damit er weiß, was er als Nächstes tut. Wenn sich seine Freundin von ihm getrennt hat. Wenn sein Vater anruft, um ihm zu sagen, dass seine Mutter gestorben ist. Wenn die Polizei ihm mitteilt, dass seine beste Freundin verschwunden ist. Er raucht, damit er dann nicht verloren ist. Er zündet die krumme Zigarette an. Er zieht und inhaliert tief. Anton Lobmeier weiß, was er tut, wenn seine Welt Risse bekommt.

»*… ein ausgesprochen unterhaltsames Stück Literatur über das alles andere als unterhaltsame Phänomen der Gentrifizierung.*«

(Barbara Hordych, Süddeutsche Zeitung)

Roman
288 Seiten, gebunden
ISBN 978-3-86391-222-2
Euro 20,00 (D)
Auch als E-Book erhältlich